D E A R + N O V E L

雲とメレンゲの恋

松前侑里
Yuri MATSUMAE

新書館ディアプラス文庫

S H I N S H O K A N

雲とメレンゲの恋

目次

イラストレーション／小椋ムク

雲とメレンゲの恋

花見の宴《うたげ》のピークも過ぎ、人影もまばらな昼下がりの井《い》の頭《かしら》公園。平日のこんな時間にも、のんびりボートに乗っている人がいる。

いったいどういう人たちなんだろう。

などと、ベンチに座って眺めている彩樹《あき》自身も、その中のひとり。

一週間ほど前までは、都内の栄養専門学校へ通う学生だった。調理師免許を取得できる基礎コースを修了後、姉の麻矢《まや》の希望で、さらにパティシエコースに進むはずが、無断で退学してしまったのだ。

料理の勉強は楽しかったけれど、やればやるほど、麻矢の期待する未来予想図が自分にはそぐわなく思えてきた。

そんなある日、テレビのドキュメンタリ番組で、男性ハウスキーパーを起用した家事代行会社のことが紹介されていた。

『夫婦や家庭のあり方が昔とは変わり、求められるニーズも多様化されています。男性の家政夫が必要な家庭もあるはずだと、周囲の反対を押し切って始めましたが、やっぱり間違いなかったですね』

まだ若い男性の社長は胸を張り、さらにつづけた。

『ブリリアントライフ社では、契約ではなく正社員として採用しますので、やる気のある男性はいつでも面接に来てください』

その言葉は、まるで自分に向かって投げかけられたように聞こえた。

幼い頃、働く母の代わりに面倒を見てくれていた家政婦の女性。やさしく料理上手な彼女に憧《あこが》れ、自分も家政夫になりたいと本気で思っていた。

女性にしかなれない職業だと知り、あきらめていた夢。それが叶えられると思った瞬間、迷わず決めてしまった。

結果、麻矢の逆鱗《げきりん》にふれ、彩樹は姉夫婦のマンションから追い出され、今はとりあえず親友のアパートに転がり込んでいる。

すぐにでも面接を受けに行きたかったが、学費を出してもらっていた立場としては、麻矢の許しを得るまではそれも叶わない。謝罪と説得をしに家を訪《たず》ね、何度も電話をかけたのに、麻矢は応じてくれず、義兄《あに》の渉《わたる》の説得待ちになっている。

家事係の自分がいなくなり、食生活がおろそかになった渉のために、週に一度、麻矢の様子うかがいも兼ねて、弁当を届ける約束をしているのだけれど……。

待ち人来たらず。

打ち合わせが難航《なんこう》しているんだろうか。もしくは、姿をくらました漫画家の先生がまだ見つからないのかもしれない。

渉は青年漫画雑誌『ヤングタックル』の編集者で、三人組の漫画ユニット、シュガークラウドの担当をしている。

彼らの仕事場が吉祥寺《きちじょうじ》にあり、親友のアパートが隣の西荻窪《にしおぎくぼ》だったおかげで、毎週打ち合わせに来る渉と会うことができる。

不幸中の幸い？　彩樹はふっと微笑《ほほえ》むと、トートバッグの中を探り、買ったばかりのシュガークラウドのコミックスを取り出した。

タイトルは『ハニープラネッツ』。まとめて読むのが楽しみで、雑誌で見るのは我慢して、いつもコミックスになるのを待っている。

主人公のケイゴは浮気調査専門の探偵。他人の色恋にはやたら鋭い指摘をし、浮気ハンターとしての腕はピカ一なのに、なぜだか自分の恋はうまくいかない。

舞台は二〇五〇年の東京シティ。車や船が空を飛びかい、浮気相手が異星人だったりする。笑いあり切なさあり、もちろん青年誌なのでお色気もありの、近未来ものラブコメディだ。

登場人物は皆、性格もルックスも魅力的で、描かれている街や建物、メカや小道具などが個性的でカッコいい。

三人は分業で漫画を描いているが、それぞれの才能の相乗効果が素晴らしく、息がぴったりなのが見ていて気持ちがいい。

いつものように、どきどきしながら真新しいページを開けば……笑いときどき涙。ケイゴと毎回変わるマドンナの恋に一喜一憂《いっきいちゆう》させられ、一気に読み終わってしまった。

それにしても……。

寅《とら》さんのようにマドンナにふられてばかりのケイゴは、いったいどんな女性とならうまくいくのだろう。

いや、これだけ多くの女性と出会ってもダメなのだから、ケイゴに彼女ができる日は来ないのかもしれない。そう、最後はきっと……いつも身の回りの世話をしている、助手のカオルを選ぶに違いない。

などというのは希望的妄想。女好きのケイゴが男のカオルを相手にするはずがない。

彩樹は、ため息まじりにコミックスを閉じた。その瞬間、

「……！」

ふいに誰かが真横に座ってきて、条件反射のようにびくっとなった。

「そんな漫画、読むだけムダだから」

ぼそりとつぶやくのを聞き、彩樹は身体を固くする。

知らない人に声をかけられるのも苦手だけれど、いきなり失礼なことを言われたのがショッ

クだった。

「悪い。ファンだった？」

人を小ばかにしたような声色。彩樹はコミックスを手に、急いで立ち去ろうとしたが、

「この漫画、完結しないで終わるから」

「え……？」

男の言葉に、思わず訊《き》き返すように顔を見てしまった。

ワイルドだけど爽《さわ》やかな風貌《ふうぼう》。質《たち》の悪そうな人には見えないけれど、どこかで会ったことがあるような、ないような。

「作画はいいんだよな。けど……話作ってるやつ、もう終わりだよ。書きたくなくなってるのに、人気あるから無理やりつづけてるってパターン？」

「……」

制作の現場を見たわけでもないのに、どうしてそんなふうに言えるんだろう。

シュガークラウドの漫画に対する愛情は人一倍で、渉はいつも、編集者としても一ファンとしても尊敬していると言っていた。

「十七巻まで読んでるんなら、そろそろダメだってことくらいわかるだろ？」

ダメだなんて、一度も思ったことはない。今日だって、面白くて楽しくて、読み終わるのがもったいないほどだった。

こんなにも魅力的な漫画の、いったいなにが気に入らないんだろう。

どんな漫画家にもアンチ読者がいるものだと、渉は言っていたけれど……。

ネットで悪口を書いたりするのならともかく、好きで読んでいる人に直接言いがかりをつける人は珍しい。というより、こわい。

逃げ出したいが、黙っているのは悔しい気がする。彩樹は、コミックスを持つ手にぎゅっと力を込めた。

「よけいなお世話ってか？　それはどうも、失礼いたしました」

けれど男は、勝手に訊いて勝手に答えて、もう用はないとばかりに去っていった。


「あっちゃん、ごめん。ずいぶん待たせちゃったな」

不愉快な事件から三十分ほど経《た》った頃、やっと渉が現れた。

「義兄《にい》さん……」

彩樹が立ち上がると、渉はいいからいいからとベンチに座らせ、

「なんか顔色悪いみたいだけど、大丈夫？」

隣に腰を下ろしながら、心配そうに顔を覗き込んだ。

そう見えるとしたら、さっきの男のせいだけれど、渉にはとても話せない。担当の渉が、あ

んな失礼な言葉を聞いたら、どんな気持ちになるだろう。

口にするのも嫌だし、なによりも、なんの反論もできなかった自分が情けなくて仕方がなかった。

「……なんでもないです。それより、いなくなった漫画家さん見つかりました？」

まだ動揺しているのを隠し、彩樹は話を変えた。

「連れ戻そうと思ったら、ネーム仕上げて帰ってきたよ」

「よかった……」

彩樹がほっとしたように息をつくと、渉はやさしく目を細めた。

「あっちゃんの顔見て、なんかやっと落ち着いたよ」

そういう嬉しいこと、不用意に言わないでください。と言いたいところだけれど、

「相変わらず、大変そうですね」

当たり障《さわ》りのない返事を返す。

「最近、ネームが遅れぎみで毎回ひやひやさせられても、かならずいいもの出してくれるから……心配はしてないけどさ」

口ではそう言いつつ、渉はここしばらく、締め切り前にはいつも胃薬を飲んでいた。

「週刊連載ってのは、作家にとっては天国と地獄の両方だからね」

週刊連載ができるのは栄誉なこと。でも、それをやりつづけるのは並大抵じゃない。毎週、

決められた枚数の中で、読者の心をつかむ話を書きつづけるのがどういうことなのか、渉の今の言葉をさっきの男に聞かせてやりたい。

「どう、新刊は？」

彩樹が手にしたコミックスに気づき、渉が感想を訊《たず》ねた。

「すごく……面白かったです」

答えながら、男の言葉がまた頭に蘇《よみがえ》ってくる。

「ん？　なんか言いたそうだな。あっちゃんは読者なんだから、はっきり言ってくれよ」

「ケイゴが、最終的に誰を選ぶのか気になるけど……ずっと連載がつづいてほしいから、知りたくないかもって……」

助手のカオルを選んでくれないのなら、ケイゴがひとりの女性と結ばれないようにするしかない。そういう意味だったのだけれど、

「嬉しいこと言ってくれるなぁ……」

なにも知らない渉は、言葉どおりに受け取り喜んでいる。

「けど、いくらラブコメの天才でも、永久に新しい女性キャラ作りつづけるわけには……」

言いかけて、渉の腹がきゅるきゅると鳴った。

照れくさそうに苦笑いをする渉に、彩樹はいそいそと弁当の包みを差し出した。

「今の俺って……これだけが楽しみなんだよな」

渉は目を輝かせ、さっそく弁当箱を開いて食べ始めた。

自分に会うのが嬉しいわけじゃなく、弁当が嬉しいのだとわかっていても、自然と口元がゆるんでくる。

「どんなに忙しくても、ちゃんと朝ごはん食べなきゃだめですよ」

「あっちゃんのメシうまいから、コーヒースタンドとか駅そばで食う気がしないんだよな」

あまり料理を褒《ほ》めてくれない麻矢と違い、渉はいつも彩樹を幸せにする感想を言ってくれる。

だからつい、メニューは渉の好物に偏《かたよ》ってしまう。

若鶏《わかどり》の竜田揚《たつたあ》げと明太子《めんたいこ》入りだし巻き玉子をメインに、南瓜《かぼちゃ》と茄子《なす》の甘辛煮《あまからに》、マカロニサラダ、グリーンアスパラの梅肉和《ばいにくあ》え。今日もしっかり、渉の好きなものを詰め込んできた。

でも、自分の勝手な行動のせいで、毎日は食べさせてあげられなくなってしまった。

「……ごめんなさい。義兄さんに不自由かけて」

「悪いのは、あっちゃんじゃないよ」

竜田揚げを頬張《ほおば》りながら、渉はきっぱりと言った。

「麻矢は自分の弟の個性とか持ち味っての、まるでわかってないんだよ。よくあれで、ファッション誌の編集長が務まるよなぁ」

訊かなくても、麻矢がまだ怒っていることがわかった。

「そんな顔しないで、かならず俺が説得するから……ていうか俺、ほんとはあっちゃんに昼メシ奢《おご》る立場なんだよなぁ」

申し訳なさそうな渉に、彩樹は首を横に振った。

母を失ってひとり暮らしになったとき、真っ先にいっしょに住もうと言ってくれたのは渉だった。人見知りな自分に、最初から兄弟だったみたいに話しかけ、家族にしてくれた。

麻矢が「渉」と呼んでいるから、自分も「渉さん」と呼びたかったけれど……。

名前を口にすると、好きになってしまいそうな気がして、「義兄さん」と呼ぶことにした。

恋は、したことがない。

いつだって恋愛未満。それ以上にならないようにするのには、もう慣れている。

弟だったり友達だったり。誰かを傷つけることもなく、自分も傷つくこともない、そんな関係ばかり選んでいる。

あきらめるという言葉は、後ろ向きかもしれないけれど、ときにはどうしても必要なことがあるのだ。


「あのさ……彩樹さえよかったら、ずっとここにいてくれてもいいから」

朝食を食べ終わると、真二《しんじ》が思いがけないことを言った。

「女の子連れ込んだらまずいけど、親友なら問題ないし……彼女ひとり暮らしだからさ」

エッチするときは、あっちに行くから？

食器を片づけながら、彩樹は肩をすくめた。

真二と最初に出会ったのは、小学校の一年生のとき。作文に将来の夢が家政夫だと書いて、クラスじゅうの男子にからかわれ、いじめの対象にされた彩樹に、ただひとり味方してくれたのが真二だった。

浅黒い肌に切れ長の目。飄々《ひょうひょう》としていて、人にどう思われるかとか大勢を敵にまわすとか、そんなことをまったく意に介さないところが、見た目も中身も男前な小学生だった。

小中高……そして大学生になった今も、真二は少しも変わらない。やさしいところも、気の強い女の子に弱いところも……。

「ありがたいけど、いつまでも居候《いそうろう》ってわけにはね」

「けど、まだ麻矢さんのお許し出てないんだろ？」

つきあいが長いので、彩樹に強烈な姉がいることも、真二はもちろん知っている。

「姉さんは、華やかな世界とかトップを目指すとか、そういうの大好きだから……地味で裏方的な仕事には興味ないんだよね」

「アイドルから料理人に路線変更させたのはいいとして、テレビに出るような人気パティシエにって……完全に彩樹のキャラ無視してるよな」

そのとおり。でも、麻矢が躍起《やっき》になって光の当たる場所へ行かせようとするのは、亡くなった母に彩樹を頼むと言われたからなのだと思う。

「彩樹が女だったら……俺がプロポーズして救い出してやるのになぁ」

「……」

思わず黙ってしまったのは、いつか麻矢と夫婦ゲンカをしたとき、酔っ払った渉に同じようなセリフを言われたことがあったからだった。

『あっちゃんが女の子だったらなぁ……。そしたら麻矢と離婚して、今すぐプロポーズするのに……』

悪気がないのがわかっていても、傷ついてしまうのは止められない。

だから、たとえ冗談でも、二度と口にしないでほしいと思っていた。

なのに、こんどは真二に言われてしまった。

「古いって言われるかもしんないけど、最近つくづく、結婚するなら家庭的な子がいいなって思うんだよな」

そう、真二が奥さんにしたいのは、家庭的な女の子。僕じゃない。

小学生の頃から知っていても、不意打ちをくらうと、どうしても気持ちが萎《な》えてしまう。

でも、真二は悪くない。悪いのは、たったひとりの親友に、ゲイだと打ち明けていない自分のほうだ。

「朝、和食だったから、昼はサンドイッチにした」

彩樹は気をとり直し、大学に出かける真二にいつものように弁当を渡した。

「なんか俺……奥さんもらったみたいじゃね？」

食べたいと言っていた旅館の朝ごはん風の朝食が効いたのか、真二がまた戸惑うようなことを言う。

「奥さんじゃなくて、家政夫だよ」

「男の家政夫でも、彩樹みたいによく気が利《き》いて料理上手だったら、ヘタな奥さんよりいいかもなぁ」

ヘタな奥さんより……か。

真二に地雷《じらい》を踏まれまくり、朝からぐったりしてしまった。

「早くしないと遅刻するよ」

「じゃ、行ってくる」

玄関先で交わす新婚カップルみたいなやりとりも、嬉しいような悲しいような……。

彩樹は苦笑いを浮かべ、追いたてるように真二の背中を押した。

「そういうことだったのね」

ドアが開いた瞬間、色白で髪の長い女の子が腕組みをして立っていた。

「は、春奈《はるな》……」

真二が口にした名前で、今つきあっている彼女だとわかった。

「浮気してるんじゃないかとは思ってたけど、まさか相手が男だったなんて……」

「えっ……」

真二と彩樹は、同時に声をあげた。

「最近、デートしててもさっさと帰るし、妙にウキウキしてると思ったら……」

「馬鹿……ヘンなこと言うなよ。こいつは小学生のときからの親友だぞ」

真二は眉を寄せ、怒ったように言った。

「私より美人」

「え、まぁ……いや、男だし」

痛いけど、真二の答えは正しい。

「彼……料理が上手なのね」

春奈は、値踏みするようにエプロン姿の彩樹をじろじろと見た。

「違うって。いや、たしかに料理はすげーうまいけど……ぜんぜんそういうんじゃなくて……」

「どうせ私は、お弁当なんか作れませんから」

「馬鹿だな。春奈はいいんだよ、そんなことできなくても」

真二は、さっき口にしたのと真逆《まぎゃく》なことを言った。けれど、

「ゲイだったなんて……最低っ」

春奈はつけていたネックレスを引きちぎり、思いっきり真二に投げつけた。

「いてっ……あっ、春奈っ」

プレゼントに贈ったものだろう。真二はあわててネックレスを拾うと、彩樹にサンドイッチの入った紙袋を渡し、春奈のあとを追いかけていった。

「悪かったな」

謝ったり宥《なだ》めすかしたりで、きっと一限目には間に合わないと思う。

真二に返された紙袋を手に、彩樹はふっと肩を落とした。

家庭的な女性が理想と言いながら、真二が好きになるのは、気が強くてわがままな感じの子ばかり。

それは渉も同じこと。言葉とは裏腹に、家事が好きな自分とは真逆の麻矢と結婚している。

恋と結婚は別ものだと言うけれど、女性を好きな男の心理はよくわからない。

だから、ノンケの男は好きにならないように、心にしっかりラインを引いている。

でも万が一、本気で好きになってしまっても、このフレーズだけは言われたくない。

もし君が女の子だったら……。


数時間後、真二から仲直りできたから心配するなと、Ｖサインの絵文字を添えたメールが届いたけれど……。

やっぱり、ここにはもういられない。

部屋の掃除をすませ、預かっていた合鍵を郵便受けに入れながら、彩樹は小さくため息をついた。

「荷物持って、どこ行くんだ?」

ふいに声をかけられ、彩樹はびくっと振り向いた。が、すぐに身体から力が抜ける。

「義兄さん……」

途方に暮れていたところに渉が現れたので、なぜ訪ねてきたのかを訊くのも忘れ、住むところがなくなったと伝えた。

「グッドタイミングだよ、あっちゃん」

彩樹の肩をつかみ、渉は嬉しそうな顔をした。

どうやら、麻矢が許してくれて、家に帰れると言いに来てくれたらしい。

彩樹は思わず、安堵《あんど》の吐息を漏《も》らした。

「じつは今、担当してる漫画家のメシスタントが実家に帰っちゃって、困ってるんだ」

「メシスタント……?」

関係ないことを言いだす渉に、彩樹はきょとんとなった。

「知らなかった? 漫画家の先生の食事を作るアシスタントのこと、そう呼ぶんだよ」

作画を手伝うアシスタントは知っていたけれど、そんな仕事があるなんて知らなかった。

「行くとこないんなら、つぎのメシスタント見つかるまで、頼まれてくれないかな。幸いあそこは住み込み可だから」

「……！」

渉の言葉に、彩樹は目をまるくした。

麻矢のお許しが出て、迎えに来てくれたと思っていたのに……。

「む、無理です。漫画家の先生のところに住み込みでなんて」

「あっちゃん、シュガクラの大ファンじゃないか」

「シュガークラウド⁉」

渉がさらりと口にした名前に、彩樹は眩暈《めまい》がしそうになった。

義兄さん……。

大ファンだから、僕が喜ぶとでも思ってるんですか？　極度の人見知りだと知っているのに？　今日一日だけならともかく、初対面の人たち……それも有名人の家に住み込みだなんてありえない。

すっかり気持ちが引いてしまった彩樹に、渉は宥めるように言った。

「人気作家って言っても、ふだんはどこにでもいるような普通の二十七歳だから」

「……」

麻矢ならともかく、渉がこんな無理難題を押しつけてくるなんて……。

「そんなにこわがらなくても大丈夫だって。すごく気さくな人も……ひとりいるから」

ひとり？　てことは、ふたりは気難しい人ってことじゃ……。

彩樹が頑《かたく》なに黙り込んでいると、渉は少し怒ったような顔になった。

「あっちゃんはさ、家政夫になりたいんだろ？　だったら、どんな家に派遣《はけん》されても行かなきゃいけないいんじゃないの？」

「……」

それを言われると、返す言葉がない。

克服《こくふく》しなくてはと自分でも思っていた。そのための努力はするつもりだった。

だけど、今回の話はいきなりすぎて心の準備ができそうにない。

「有名人の家に行かされる可能性だって、ないことないだろ？　そんなんじゃ、いくら家事が得意でも面接で落とされるよ。それに……麻矢の反対押し切ってまで、俺もあっちゃんのこと応援できないな」

「え……？」

彩樹ははっとし、渉を見つめた。

渉の言っていることは間違っていない。

でも……。

「あっちゃんが、がんばってうちの先生たちをサポートできたら、俺も後押しするし、麻矢だってきっとわかってくれるよ」

「……」

義兄さん、それは違うと思います。仕事はできて当たり前。麻矢が反対しているのは、そんな真っ当な理由じゃない。

『一度きりの人生、キラキラしてなきゃだめなのよ』

それが麻矢の口癖。漫画家のメシスタントをするなんて言ったら、ますます機嫌を損《そこ》ねてしまいそうだ。

とはいうものの……。

今の自分には、今夜眠れる場所を確保することが最優先。無理だとか、理不尽だとか……そんなことを言ってる場合じゃない。

渡りに船とは言い難いけれど……。

「やらせていただきます」

彩樹は観念し、渉に頭を下げた。


「売れっ子漫画家が、なんでこんなボロ家《や》にって思った？」

吉祥寺駅南口から徒歩五分、井の頭公園からほど近い住宅街の一角。二階建ての古びた家を、彩樹がじっと見つめていたら、隣で渉が笑った。

「いえ、こういう家……僕は好きです」

緑の生垣《いけがき》に囲まれ、雑草《ざっそう》の花が咲く小さな庭には、使い込んだ物干し台。たしかに意外だけれど、生活感と温かみを感じる日本家屋《かおく》は、姉夫婦の住む高層マンションより居心地《いごこち》がよさそうだ。

「美大生の頃から住んでた下宿屋《げしゅくや》なんだけど……田舎《いなか》に帰る大家《おおや》が、売りに出して取り壊すって話になったのを、三人が仕事場兼自宅として買い取ったんだ」

「そうなんですか……」

読者の知らない心温まるエピソード。三人の人となりがわかるような気がして、彩樹は少しほっとした。

荷物は、家を追い出されたときに持ってきたボストンバッグひとつ。今日からはここが、自分の居場所になる。

「杉浦《すぎうら》です。おじゃましまぁす」

いつもそうしているのか、ひと声かけると、渉は勝手に玄関の引き戸を開け、靴を脱いでスリッパを履《は》き、さっさと上がっていく。

彩樹も、あわてて渉に従《したが》った。

黒光りした年季《ねんき》の入った板張りの廊下に、サッシではない木枠《きわく》の窓。長年愛されてきた家の、温《ぬく》もりのある佇《たたず》まいと匂い。

アーティストが古民家《こみんか》や町屋《まちや》に住むのは、最近では流行《はや》りのようだし、シュガークラウドの描く世界の、ハイテクで今風の雰囲気と正反対なのが、逆にお洒落《しゃれ》に見える。

憧《あこが》れの漫画家の先生たちは、いったいどんな人なんだろう。

さっきまでは不安でどきどきしていたけれど……緊張といっしょに、期待みたいな感情が湧《わ》いてきた。

「失礼しま〜す」

渉はノックもせず、引き戸を開けて部屋に入っていった。

つづいて中に入ると、壁一面の大きな本棚には資料の本やコミックスなどが並び、漫画を描くための机が三つと、パソコンを置いた机がひとつ置かれていた。窓際にはコピー機とシュレッダーがあり、机の上にはカラフルなマーカーやペンが並んでいて、ひと目で漫画家の仕事場だとわかる。

観葉植物ひとつない殺風景《さっぷうけい》な仕事場だけれど、さりげなく置かれている丸いガチャポンマシンの赤がアクセントになり、洒落たインテリアになっていた。

「もしかして、哲《てつ》先生……だけですか？」

ただひとり机に着いている眼鏡の青年に、渉が不安そうに声をかける。

ジャージに黒縁《くろぶち》の眼鏡、ぼさぼさの髪。背中を丸めてパソコンに向かっているこの人が、背景担当の藤木《ふじき》哲らしい。

デビュー直後に大ヒットした、パラレルワールドものの『戦国ポップ』の歴史建造物をはじめ、現在連載中の『ハニープラネッツ』に出てくる近未来都市など。ストーリーをダイナミックに見せる、繊細《せんさい》で個性的な背景には熱狂的なファンがいて、コミックス以外にも、藤木哲名義でイラスト集が多数出版されている。

「哲先生！　お楽しみ中に申し訳ありませんけどっ」

渉が大声を出したので、哲はやっと気づいたらしく、のっそりと振り向いた。

「どうも」

けれど、短い挨拶《あいさつ》をすると、見知らぬ人間がいることへのリアクションもなく、すぐにまた作業に戻ってしまった。

「あっちゃん、気にしなくていいよ。お取り寄せ中は、哲先生に話しかけてもムダだから」

渉はため息をつきながら、腕時計をちらりと見た。

仕事をしているのかと思ったが、哲はネット通販に熱中しているようだ。

眼鏡の似合うハンサムで、寝癖《ねぐせ》のついたままの髪や洗い晒《あらいざら》しのジャージ姿が、身なりに無頓《むとん》着《ちゃく》っぽくて好感が持てるけれど……。

どう見ても、ひとりいるらしい気さくな人でないことはわかった。

自分の存在を完全に無視している哲に、早くも不安が募《つの》ってくる。

「あっ、杉《すぎ》さん！　いらっしゃ～い」

突然、能天気な声とともに誰かが部屋に入ってきて、彩樹はびくっと振り向いた。

哲とは真逆の、愛想《あいそ》のよさそうな華やかな笑顔。服も髪型も、いかにもお洒落に気を遣《つか》っていて、漫画家というより芸能人みたいなオーラのある人だった。

どっちだろう。ストーリー担当の寺崎海斗《てらさきかいと》？　それとも、キャラクター担当の早瀬流《はやせりゅう》？

「いらっしゃいじゃないですよ、流先生。昼過ぎにネームの打ち合わせに来るって、ちゃんと言っといたでしょう」

早瀬流のほうだった。

少女から熟女《じゅくじょ》まで、バリエーションも豊富な女性キャラを描いて、そのチャーミングな画風は男性読者に大人気だが、彩樹が好きなのは女性ファンの多い主人公のケイゴと助手のカオルだ。

どうしよう、大好きなキャラを描いてる先生が目の前に……。思わず一ファンに戻り、ときめいてしまう。

「そんな怒んないでよ。朝ごはん食べてなかったから、いちばん近いスタバに行って……ていうか、誰誰誰？」

彩樹がいるのに気づき、流が顔を近づけてきた。

「似てない？　似てるって言われない？」

まじまじと見つめられ、彩樹は渉の後ろに隠れようとした。が、

「あっちゃん、逃げない」

渉に腕をつかまれてしまった。

「嫁の弟なんですけど、学校やめちゃったんで、つぎが見つかるまでのあいだ、臨時のメシスタントにどうかと思って連れてきたんですよ」

渉に紹介され、彩樹は「深山《みやま》彩樹です」と頭を下げた。

「うそ、アキ？　名前まで似てる。哲ちゃん見てよ。大きな目も茶色いサラ髪も、すらっと華奢《きゃしゃ》な体型も……TMLのアッキーにそっくりだよね⁉」

「誰それ」

興奮している流に、哲は背を向けたまま興味なさげに答えた。

「TOO《トゥー》 MUCH《マッチ》 LOVE《ラブ》のアッキーだよ。コンサートのDVD何回見せて……って、興味ないんだから、アイドルの顔なんて覚えてるはずないか」

同じく。見ているテレビは料理番組や生活情報番組ばかりで、どんな男性アイドルが人気なのかなどさっぱりわからない。

「そんなことより、いちばんここにいなきゃいけない海先生はどこにいるんですか？」

「ネーム考えるって言ってたから、井の頭公園じゃないかな」

「えっ⁉」

渉は声をあげ、肩にかけていたバッグを足元に落とした。

ネームというのは、物語のシーンとセリフの入った下絵の前段階にあたる重要な作業で、これがなければ漫画は描けないのだと渉から聞いたことがある。

「できてたんだけど……一時間くらい前、急にマドンナのキャラが気に入らないから、最初から作り直すって……」

「なっ……なに言ってるんですか。できてるんなら、とりあえず最初に描いたネーム見せて！」

「あの中ですけど……」

流は、窓際のシュレッダーを指差した。

それを見た渉は、ひぃ〜っとお化《ば》けにでも会ったような声をあげ、床にへたり込んだ。

「た、担当の俺に無断で、ど、どうしてそういうこと……」

「どうしてって訊かれても、それは本人に訊くしか……ね？」

人ごとみたいな流の答えに、哲もマウスをクリックしながら大きくうなずいた。

ネームが遅れたぶんだけ作画の時間が減るのに、ふたりはどこ吹く風。担当の渉ひとりが、気の毒なほどあわてふためいている。

「ところで、あっちゃんは年いくつ？」

いきなり名前で呼ばれ、彩樹はどきっとなった。

「十九……です」

「アッキーと同じ!? ヤバいよヤバい。これから、毎日が握手会? ヨロシク～」

流は興奮ぎみに、両手で彩樹の右手を握ってきた。

戸惑いながら、彩樹は「こ、こちらこそ」と笑顔をひきつらせた。

「アッキーって呼んでいいよね?」

「え、いえ……」

嫌だと言う代わりに、彩樹は曖昧《あいまい》に微笑んだ。

「ありがと～」

困惑の笑みを、流はイエスと解釈したらしく、思いっきり抱きついてきた。

彩樹は目を見開き、固まった。

「流先生、そんなことしてる場合じゃないでしょ」

渉がすぐに引《ひ》き剝《は》がしてくれたので、彩樹は胸を押さえ、大きく息を吐き出した。

三人のうちひとりいる、気さくな人というのは、どうやらこの人のことらしい。

こっちが黙っていても、勝手に話しかけてくれるので、ぜんぜんしゃべらない人よりはラクだけれど……。

いくらお気に入りのアイドルに似ているといっても、少々スキンシップが過ぎる気がする。

男の人に抱きしめられたことなんかなかったから、ものすごくびっくりした。

「とにかく、海先生に連絡……あ、そっか。いちばんケータイ持っててくれなきゃいけない人が……」

携帯電話を握りしめ、渉がいまいましそうにつぶやくのを見て、流が肩をすくめる。

「捨てたくもなるでしょ。電話やメールする、唯一《ゆいいつ》の相手に逃げられちゃったんだから」

『ハニープラネッツ』の主人公のケイゴのように、ストーリーを書いた先生も、彼女にふられてしまったらしい。

「ああ、もう……先生が要《い》らなくても、呼び出すのにこっちは必要なんですからっ」

のらりくらりとしているふたりの先生に、渉が頭をかきむしる。

こんな渉を見たのは初めてだった。と同時に、いつも胃薬を常備《じょうび》している理由がなんとなくわかってきた。

「あっちゃん、悪いけど……井の頭公園の池から連れ戻してきて」

「池……?」

きょとんとなった彩樹に、渉が大きなため息をつく。

「ボートだよ、ボート」

海斗は半年くらい前から、雨や雪が降らない限り、ボートの上で仕事をするようになったらしい。

どこで仕事をしようといいけれど……。

あの池はけっこう広かった気がするし、ボートなんて乗せてもらったこともなければ、漕《こ》いだこともない。それに……。

「僕、先生のお顔を存知《ぞんじ》あげてないんですけど……」

「存知あげて……だって。アッキーにも、一度くらい言わせてみたいセリフ」

流が嬉しそうに言うと、哲が立ち上がり、メモ用紙とペンを持ってきた。

「あ、そっか。さすが哲《てつ》ちゃん」

哲に促《うなが》され、流はさらさらと紙に人物の絵を描きだした。

海斗の似顔絵らしい。

隣に来た哲に会釈《えしゃく》をしたら、黙ったまま、どうもというふうにうなずいた。

無口で無愛想な人のようだが、完全に無視されていたわけではなさそうだ。

「はい、完成。今日のいでたちは、ジーンズにチェックのネルシャツ。ちょっといい男に描きすぎちゃったけどね」

「わ……」

漫画だ。早瀬流の本物の絵だ。

ちょっと怒ったみたいな顔で、腕組みをして立っているポーズが漫画らしい。見たことがある顔なのは……もしかしてハニプラのケイゴに似ているから？

「哲ちゃんの地図も持ってくといいよ。ここからの近道が描いてあるから」

そう言って、流は彩樹に一枚のコピー用紙を手渡した。

「すごい……」

渡された地図は、まるで空撮《くうさつ》写真のようで、ひとつひとつの建物や木々がペンでリアルに描かれていた。

「哲ちゃん、これなんにも見ないで記憶だけで描いたんだよ。しかも十五分ほどで。人の顔や名前はちっとも覚えないのに、どういう頭の構造なんだろうね」

「はぁ……」

すごすぎてため息しかでない。

「あっちゃん、感心してないで、早く海先生のこと連れ戻してきて」

「は、はいっ」

渉に背中を押され、彩樹は急いで玄関に走った。


ストーリー担当の寺崎海斗は、いったいどんな人なんだろう。

わかっているのは、気さくな人ではないということだけ……。

恋人と別れたからと携帯電話を捨てたり、納得いかないネームをシュレッダーにかけてしまったり、気難しい芸術家タイプなのかもしれない。

ボートを漕ぎながら、彩樹はふうっと息をつく。

青い空に白い雲。水面《みなも》では、水鳥たちがのどかに泳いでいる。

のんびりボート遊びなら楽しいけれど……池には思った以上に多くのボートが浮かんでいて、慣れない手つきでオールを操《あやつ》り、広い池を探し回るのはけっこうな労作《ろうさく》だった。

双眼鏡を借りてくればよかったと、彩樹が後悔し始めたとき、

「あ……」

誰も乗っていないボートを見つけた。

無人なのではなく、おそらく寝ているのだと思う。もしかしたら、海斗かもしれない。

そう思って急いで近づいていくと、ボートの中には、開いたノートを顔にのせて眠っている男性がいた。

どうやらこの人らしい。

初対面の人に自分から話しかけるなんて、どれくらいぶりだろう。

「あの……失礼ですが、寺崎海斗先生……でしょうか?」

彩樹はおそるおそる声をかけた。

「そうだけど……誰?」

聞き覚えのない声に、顔のノートをどけもせず、無愛想な返事が返ってくる。

機嫌が悪そうだったが、とりあえず本人を見つけることができてよかった。

彩樹はほっとし、

「今日から、臨時で家政……いえ、メシスタントをさせていただくことになった、深山彩樹と申します」

なんとか自己紹介ができた。

「ふうん……じゃ、コーヒー。ブラックで」

思わず、えっと言いそうになった。

ここは池の上。まさか、仕事場に帰っていれてこいって……こと？

いや、それよりも、渉に連れ戻すようにと言われたのを伝えなくてはいけない。

「でも、あの……」

「メシスタントなのに、インスタントコーヒーもいれられないのか？」

「いえ……」

「だったらこれ以上、仕事の邪魔しないでくれ」

用件を言おうにも、一方的に拒否されてしまった。

この人はもう、自分の雇《やと》い主《ぬし》。仕事の邪魔をするなと言われたからには、従うしかない。

「せ、先生……コーヒー……お持ちしました」

慣れないボートを漕ぎつづけたせいか、さっきよりもオールが重たく感じ、ふたたび海斗のもとに辿《たど》りつく頃には、すっかり息が切れていた。

「先生……？」

もう一度声をかけるが、返事がない。

さっきの体勢のままだけれど、まさか眠っているんじゃ……。

どうしたらいいんだろう。渉に相談しようと思った瞬間、上着に携帯電話を入れたまま、置いてきてしまったことに気がついた。

公園から仕事場までダッシュで走り、すっかり暑くなって、コーヒーをいれるときに脱いだのが間違いだった。

「馬鹿……」

「誰が馬鹿だって？」

彩樹のひとり言に反応し、海斗ががばりと起き上がる。

「ち、違いま……あっ」

顔にのせていたノートが落ち、海斗の顔が見えた。

まさか……。いや、間違いない。

流の描いた似顔絵が、誰かに似ていたわけがわかり、彩樹は呆然と海斗を見つめた。

目の前にいるのは、一週間ほど前、この公園で出会った誹謗中傷《ひぼうちゅうしょう》男。

『話作ってるやつ、もう終わりだよ』

ひどい言葉を吐いたのは、アンチ読者なんかではなく、当のご本人だったのだ。

でも、どうして……。

「そりゃ、馬鹿って言いたくもなるよな」

海斗のつぶやきに、彩樹ははっと我に返った。

「ち、違います。さっきのは……」

あわてて訂正しようとしたら、

「ボートの上だったってこと、忘れてたんだよ」

海斗は、ちょっとふてくされたような顔で言った。

眠っていたわけじゃなく、自分がどこにいるのか忘れるほど、仕事に没頭《ぼっとう》していたというのがすごい。

やっぱり、人気漫画家になるような人は普通とは違うんだろうか……。

内心驚きながら、彩樹は熱いコーヒーを詰《つ》めたステンレスボトルを取り出した。

「マジかよ……」

紙コップに注《つ》ぐのを見て、海斗がくくっと笑う。

「この池のボートで、コーヒーの出前頼んだやつって俺が初めてじゃないの」

どうやら海斗は、こっちの顔は覚えていないようだ。

ほとんどうつむいていたのが、幸いだった。気がついていないのなら、お互いに気まずくならずにすむ。

「ん？」

ひと口飲んで、海斗は不思議そうに首をかしげた。

「これ、うちのコーヒーか？」

分量がいつもと違ったんだろうか。好みの濃さを、ほかの先生に訊ねるべきだった。

「ふうん……インスタントでも、外で飲むとちょっとはマシな味になるんだな」

表情から察するに、まずかったわけではなさそうだった。

池を渡る風が、うっすらと汗ばんだ肌に心地よく、彩樹はほっと息をついた。

けれど、すぐにのんびりはしていられないことを思い出す。

「あ、あの、先生。お仕事のほうは……」

「そういえば……なんか、できそうな気がしてきたな」

海斗は悪びれもせず言った。

できそうって……。

締め切りは明日の夜なのに、いったいどうするつもりなんだろう。渉の胃に穴が空《あ》かなければいいのだけれど……。

「ケツ痛くなったし、仕事場帰って描くわ」

彩樹に紙コップを返し、海斗はオールを手にとった。

「そ、それじゃあ僕も……」

すぐに漕ぎだそうとしたが、なぜかオールがつかめず、手から離れた。

「あ、あれ……？」

いきなり猛《もう》ダッシュでボートを漕いだせいだろうか。二の腕が震えて力が入らない。

「どうした？」

「な、なんでもありません。先生は、早く仕事場に戻ってください」

彩樹が急かすと、海斗はふふんと鼻で笑った。

「おまえ、ボート漕いだの初めてなんだろ」

「いえ、に……二度目です」

「てことは、今日が初めてってことじゃないか」

遠慮なくつっこんでくる海斗に、彩樹は返す言葉が見つからない。

「こっち移ってこれるか？」

「えっ……」

無理です。こんどは迷わず首を振る。

こんな不安定な状態で、立ち上がるのもこわいのに、ほかのボートに乗り移るなんてできるわけがない。

「しょうがないな」

言うが早いか、海斗は彩樹のボートに軽々と乗り移ってきた。

が、着地したとたん、ボートが大きく傾いた。

「先生、危な…っ…」

彩樹はとっさに支えようとし、

「わっ……」

バランスを崩《くず》して後ろに倒れそうになる。

「馬鹿、なにやってんだ」

海斗が手を引っぱったので、彩樹は海斗を押し倒す形で倒れ込んだ。

「いってー……」

「す、すみませんっ」

起き上がろうとしたが、目の前には驚いたような海斗の顔。

「おまえ、どこかで……」

まじまじと見つめられ、彩樹が視線を泳がせると、

「なんなんだよ……」

迷惑そうにつぶやき、海斗は横を向いた。

至近距離で見て、やっと初対面の顔ではないことに気がついたらしい。会いたくなかった相

手に再会してしまった。露骨《ろこつ》にそんな表情をされた。

理由は、訊かなくてもわかっている。

「僕……あの日のことは、義兄にはなにも話してませんから」

「兄……って、まさか杉さんの弟⁉」

「姉の夫なので、義理の……ですけど」

「あー……」

彩樹の答えを聞いて、海斗は身体を起こし、天を仰《あお》いだ。

彩樹もゆっくりと座り直す。

「心配なさらないでください。あのときの男性が先生ご自身だとわかった以上、なおさら義兄には話せませんから……」

彩樹が小声で言うと、海斗はじろりと彩樹をにらんだ。

「おまえさ……」

「は、はい」

彩樹はびくっとし、わずかに身体を後ろに引いた。

「その、バカ丁寧《ていねい》な敬語なんとかならないのか?」

海斗は呆れ顔になり、肩でため息をついた。

普通の敬語のつもりなのに、そんなふうに言われたら、どう答えていいのかわからなくなる。

黙ってしまった彩樹を見て、

「なんか、面倒くさいやつだな。普通の言葉に、ですますつけりゃ十分だろうが」

海斗はイライラした調子で言うと、彩樹の手をつかみ、自分のほうへ引き寄せた。

「あっ……」

彩樹が驚く間もなく、海斗はするりと席を交代し、いきなりオールを漕ぎだした。

彩樹はあわててボートの縁《ふち》に捕まり、目の前の海斗を見つめた。

この先生、こわい……。

『ハニープラネッツ』の主人公は、女たらしだけれどやさしくて、どのストーリーにも愛が溢《あふ》れているのが好きだった。作者もきっと、やさしい人なんだろうと想像していたのに……。

ひとりだけ気さくな人がいるけれど、やたらとスキンシップ過剰《かじょう》だし、こわくはないけれど、無口すぎてどうつきあっていいかわからない人がいて、もうひとりはといえば……いちばん苦手なずけずけ言い返してくるこわい人だった。

つぎの人が見つかるまでだと渉は言っていたが、この人たちと寝食《しんしょく》をともにするというのは、予想以上の苦行《くぎょう》になりそうな予感がする。

海斗と目を合わせないように、周りの風景を見ながら、彩樹は心の中でつぶやいた。

こんな環境で、住み込み家政夫……いや、メシスタントなんてほんとにやれるんだろうか。

井《い》の頭《かしら》公園から戻ってくると、

「せ、先生。靴、履《は》いたままですっ」

彩樹《あき》が注意したのに、海斗《かいと》は廊下で靴を脱ぎ捨て、ずかずかと家に入っていった。

放り出された靴を玄関で揃《そろ》え、彩樹も急いで仕事部屋に向かう。

「先生、なんの冗談ですか⁉　ネームできてるって……なにも描いてないじゃないですか」

部屋に入ったとたん、渉《わたる》のわめく声が聞こえた。

「まだここに入ってるんだよ」

海斗は自分のこめかみを指差した。

「描いてもらわなきゃ、読めな……」

「杉《すぎ》さんは、そこで座っててくれます？」

海斗は渉を黙らせ、机に向かって白紙のノートに鉛筆《えんぴつ》を走らせた。

ヤングタックルの漫画は、一話分がタイトルを含めて十九ページ。いったいどれくらいの時間をかけて描くものなんだろう。彩樹は心配しつつ、見守っていたが……。

「よ……よかったぁ」

わずか十五分ほどで完成し、渉が安堵《あんど》のため息をつく。

「杉さん、俺がラブコメの天才だってこと忘れてません？」

「まさか、忘れてませんよ。当たり前でしょ。じゃ、さっそく……」

渉は、嬉々《きき》とした顔でネームのチェックを始めた。

仕事中の渉は、家でくつろいでいるときとは違うけれど、それは当然のこと。

だけど、この人の豹変《ひょうへん》ぶりには違和感を覚えずにはいられない。

海斗は自信満々の表情で、臆面《おくめん》もなく自分のことを天才だと言った。初めて会ったときには、自作のストーリーをあんなに扱《こ》き下《お》ろしていたのに……。

いったい、どういう人なんだろう。

ネームをさらさらと描いていく姿は、得意な楽器を弾《ひ》くように軽《かろ》やかで、楽しげに見えた。

あの日、公園で出会ったのは、ほんとにこの人だったんだろうか？　それとも、通りすがりに、からかわれただけだったんだろうか……。

だったらなぜ、自分と再会したことに気づいて、気まずそうな顔をしたんだろう。

「じゃあ、明日の夕方目指してやりますか？」

三十分ほどで、マドンナのキャラデザイン、セリフやストーリー展開、コマ割りの画面構成などの簡単な直しが終わり、これから作画の作業に入るらしい。

「義兄《にい》さん……まさか、ふたりだけでやるんですか？」

彩樹は小声で渉に訊《き》いた。

「そこにいるだろ。有能なアシさまが」

アシさま？　どこに？

きょろきょろしていたら、「あそこ」と言って、流《りゅう》と哲《てつ》が同じ方向を指差した。

「えっ……」

ふたりに差されたのは、ソファでふんぞり返っている海斗だった。

「脇《わき》キャラの下描きとペン入れ。それから、パソコンの漫画ソフトでトーンやベタ塗《ぬ》ったり、取り込んである哲ちゃんの背景やメカなんかをはめ込んだり……ネーム終わっても、海斗にはやることがあるんだよ」

お気の毒にというふうに、流が肩をすくめた。

知らなかった。シュガークラウドは分業だと聞いていたので、海斗はストーリーだけを担当しているのかと思っていた。

「もっとも、海斗が早め早めにネーム出してくれてたら、俺も哲ちゃんも描くの早いから、ほんとはアシスタントなんて必要ないんだけどね」

流がちらりと見たが、海斗は知らん顔をし、仕事部屋から出ていった。

どうしたんだろう。彩樹が扉のほうに目をやると、流が肩に手を置いた。

「大丈夫。逃亡したんじゃなくて、着替えに行っただけだよ」

着替え？　彩樹ははっとする。

いつの間にか流も、お洒落《しゃれ》な服からジャージに着替えているし、最初から仕事場にいた哲もジャージ姿。ということは、海斗もきっと……。

などとときめいてしまう自分は、ジャージフェチ。父親を知らずに育った自分にとって、小学生の頃、お父さんのイメージはスーツにネクタイ姿だった。けれど、真二《しんじ》の家に遊びに行ったとき、休日にジャージ姿でくつろぐ父親の姿を見て、免疫《めんえき》がなかったせいかどきどきしてしまった。たぶん、それが原因。

やがて、ジャージに着替えた海斗が二階から降りてきて、彩樹は思わず見つめてしまった。

「なんだよ、文句あるか。これが俺たちの……」

「戦闘服なんだよね？」

流が言うと、哲もうなずいた。

「そこまでは言ってない」

「デビューした頃、よく言ってたじゃん」

「うるさい」

海斗は不服そうな顔で席に着き、流と哲もそれぞれの持ち場で鉛筆を手にした。

いつもコミックスで見ているのは、緻密《ちみつ》で丁寧《ていねい》、手抜きのまったくない絵。すでに流が提出しているタイトルページを除いても、原稿はあと十八枚。たった三人で、明日の夕方までに完成させるのだという。

どうしたんだろう。

ジャージ姿のせいだけじゃない。

少し前までは、逃げ出したい気持ちになっていたのに……真っ白な原稿に向かう三人がカッコよく見え、胸がどきどきしてきた。

「じゃ、あっちゃん。あとはよろしく」

玄関先で見送ると、渉は彩樹の肩をぽんと叩いた。

「は……はい」

よろしくと言われたとたん、ただ料理をするだけなのに緊張してきてしまった。

「三人とも、普通の人だったろ？」

渉の能天気な言葉に、彩樹は苦笑いを浮かべた。

いい意味でも悪い意味でも、普通じゃない人たちだということは、渉のほうがよくわかっているはず。

「あ、そうだ。これはやっぱ言っといたほうがいいかな……」

「はい……？」

先生方の、食べ物の好き嫌いだろうか。

「プライバシーに関わるから、誰とは言えないけど……」

渉は急に小声になり、彩樹の耳元に口を近づけた。

「三人のうちひとりだけ……ゲイがいるんだよね」

「……！」

彩樹は息を呑《の》み、固まった。

渉が言っているのは、きっと流のことだ。なのに、胸に隠し持った秘密を、目の前で暴《あば》かれたような気分になる。

「大丈夫。襲ってくるとかそういうことはない……はずだから。あっちゃん、可愛いし……兄としては、一応ね」

「……」

なんだかいたたまれない。彩樹は思わず、足元に視線を落とした。

「あ、ごめん。あくまでも念のためだったんだけど……あっちゃんは知らないほうがよかったか。て、もう遅いよな」

申し訳なさそうな渉の声。笑って、顔を上げなくちゃいけない。

ゲイだからといって、男なら誰でもいいわけじゃなく、相手の同意なくどうこうってのはない……こともないけれど、普通はないと思います。

「心配しなくても、僕も男ですから」

うっすらと傷つきながら、なんとか笑顔で答えた。

「そ、そうだよな。じゃあ、先生たちのことよろしく」

「はい」

こんどはしっかり答えることができた。

成り行きで、仕方なく流れ着いた場所だった。でも今、ちょっと違ってる。

渉にとっては、家族と同じくらいに大切な人たち。メシスタントとして、自分がどれだけ役に立てるかわからないけれど……。

とにかく、やってみようと思ってる。

「あの……先生、お仕事中すみませんけど……」

小声で言いながら、彩樹は流のデスクのそばに行った。

スキンシップが気になるけれど、やっぱり声をかけやすいのはこの人なのだ。

「台所に、その……調味料や食材が見当たらないんですけど……」

コーヒーをいれに来たとき、ゴミ袋の中身がコンビニ弁当やカップ麺《めん》の容器ばかりなのを見て、メシスタントがいないせいで、こんなものばかり食べていたんだと、思わず同情してしまった。

でも、そうじゃなかったらしい。

元下宿屋《げしゅくや》だっただけあり、厨房《ちゅうぼう》は広く、隣接《りんせつ》した食堂には、大勢で食事のできる大きな木製のテーブルが置かれていた。年季《ねんき》の入った作りつけのオーブンも、使い勝手のよさそうな調理器具や食器も、田舎《いなか》に帰った大家《おおや》がそのまま置いていったものなのだろう。

なのに、オーブンも調理器具も、最近使われた形跡《けいせき》はなく、おそらく湯沸《ゆわ》かしポットと電子レンジだけが大活躍していたのに違いない。

大きな業務用の冷蔵庫の中には、ビールやソフトドリンク、コンビニスイーツに酒のつまみっぽいものが少々。米はおろか、醤油《しょうゆ》や味噌《みそ》などの基本的な調味料はどこにも見当たらなかった。

「ああ、それなら……あの中に入ってるから」

鉛筆を持った手で、流はガチャポンのマシンを指した。

「……?」

どういうことだろう。彩樹がきょとんとしていたら、海斗が顔を上げた。

「コイン入れなくても、レバー回せば出てくるようになってるから、さっさと取り出せよ」

「は、はい……」

言われるままに、彩樹はマシンからカプセルをひとつ取り出した。

中には小さく折《お》り畳《たた》んだ紙切れが、まるでおみくじのように入っている。

「書いてあるもの、発表して」

流に促《うなが》され、紙を開いてみると、そこには予想外のものが書かれていた。

「吉田家《よしだや》の牛鍋丼《ぎゅうなべどん》……大盛、つゆだく、ねぎぬき……ですけど」

困惑を隠せず読み上げる彩樹に、なぜか流の表情が険《けわ》しくなった。

「また⁉　哲ちゃん、好きだからって吉牛《よしぎゅう》ばっか入れちゃダメじゃん！」

「不正につき無効票！　やり直し」

海斗に命じられ、ふたつ目のカプセルを取り出しながら、大きな疑問が湧《わ》いてくる。

メシスタントというのは、料理を作るためのアシスタントだと、渉は言っていた。だから、料理のできる自分が臨時に雇《やと》われたのであって……。

困惑が混乱に変わるのを覚えつつ、彩樹は紙を開いて読み上げた。

「オリギン弁当、チキン竜田《たつた》エビカツ弁当……です」

「やった！　久々にアタリ。アッキー、ありがと～」

流が嬉しそうに抱きついてくる。

びくっとしたのを隠し、彩樹はひきつりながら微笑んだ。

「じゃあ、オリ弁でそれ四つ。あ、そうだ。俺たち時間節約のために、いつも同じもの食うんだけど……アッキーは好き嫌いとか大丈夫?」

先生たちが仕事のために同じものを食べると言っているのに、できあいの弁当は苦手だなどと言えるはずがない。

「ご、ごいっしょさせていただきます」

彩樹が真剣に答えると、海斗がまた、小ばかにしたように笑った。

「ごいっしょさせていただきますなんて言うアシ、初めて見たな」

「たしかに」

哲も、可笑《おか》しそうに同意する。

歓迎されていない理由はわかっているので、海斗の嫌味は聞き流すとして……。

ふたりのやりとりから、台所に調味料がなかったわけがわかってしまった。

どうやらこの職場では、メシスタントは食べ物を調達してくるお遣《つか》い係のことを指すらしい。

「礼儀正しいんだから問題ないじゃん。生意気なアシが来てたとき、ぶっとばすって怒ってたくせに」

「べつに悪いとは言ってないだろ」

ムキになって言い返す海斗に、

「そういえば……言ってただけで、ぶっとばさなかったよな?」

哲が惚《とぼ》けたことを言う。

けれど雑談をしながら、海斗も哲も手だけはしっかり動かしている。

思わず感心していたら、

「はい、これ。店の場所、わかる？　案内しよっか？」

財布を渡すついでに、流がさりげなく肩に手をまわしてきた。

「て……哲先生の地図がありますから、どうぞお仕事なさってください」

やんわりと振りほどき、彩樹は仕事部屋から飛び出した。

びくっとしてしまうのは条件反射で、相手が流だからじゃない。いや、多少は気になるけれど、慣れない人に急接近されるのが苦手なのは幼い頃からで、今に始まったことじゃない。

それに……流がゲイだというのは、渉に教えられるまでもなく、初めて会ったときからうすうす感じていた。勝手に流だと決めつけるのはよくないが、ほかのふたりはどう見ても違う。

哲は男性アイドルはもとより、初対面の自分にはまったく無関心だったし、海斗は……漫画に出てくるマドンナキャラを見ていれば、女性が好きなことが丸わかりだ。

でも、流のことより、ショックなのはむしろこっちのほう。

先生たちには、近所の店にそれぞれお気に入りのメニューがあり、食べたいものの名前がガチャマシンの中に詰まっている。哲の地図を見て気づいたけれど、吉祥寺《きちじょうじ》という街には、食べ物を売る店が無数に存在しているらしい。

家政夫修行《しゅぎょう》ではなく、三人の先生のために心をこめておいしいものを作ろう。そんな殊勝《しゅしょう》な気持ちになっていたのに、肝心《かんじん》の料理ができないなんて。

なんだか、渉に騙《だま》された気がする。

でも、そんなことを思っちゃいけない。

行き場のない自分を救ってくれたのは、渉なのだから……。


急ぎの仕事の最中には、たしかに弁当や丼ものは便利なのかもしれない。

納得しつつも、三人の豪快な食べっぷりを目《ま》の当たりにしたせいで、自分の作ったものを味わってもらえないことが残念で仕方がない。

使い勝手のよさそうな立派な厨房も、ごちそうを並べたら映《は》えそうな大きなテーブルも、宝の持《も》ち腐《ぐさ》れ状態なのが口惜《くちお》しい。

などと思っていたが、下絵が入ってペン入れが始まる頃には、そんな些細《ささい》な不満は、すっかり吹き飛んでしまっていた。

昼にはまだ、ボートの上にいる海斗の頭の中にあったものが、目の前で美しい漫画になっていく。渉から、シュガークラウドの作画の現場は普通じゃないと聞かされていたけれど、ほんとに魔法を見ているようだった。

ＢＧＭは流されておらず、ペンを走らせる音だけが静かに響いていて、飲み物を運んでいくたびに緊張してしまう。

「ひゃっ……！」

彩樹は驚き、コーヒーをのせたトレイを落としそうになった。

どこから入ってきたのか、仕事場の戸口に焦《こ》げ茶色の大きな猫が座っていた。

誰だこいつという顔で、じっと見つめている。忍び込んできたノラ猫？　それとも、ここの飼い猫なんだろうか。

彩樹が硬直していると、

「アッキー、もしかして猫苦手？」

流が飛んできて、猫を抱き上げてくれた。

「い、いえ……でも、初対面だったんで」

彩樹の答えに、流と哲が同時に吹き出した。

哲先生も声をたてて笑うんだ。そう思った瞬間、

「猫見知りかよ」

海斗が呆れたように言った。

気にしない気にしない。彩樹は聞こえなかったふりをする。

「甘栗《あまぐり》～。おまえ、どこ行ってたんだよ」

さすが漫画家。流の口から出た、ユニークな猫の名前に笑ってしまう。

「こいつ、拾ってくれた人に似て、逃亡癖《とうぼうへき》があるんだよね」

「海先生……ですか？」

一瞬、しまったと思ったが、海斗は気づいていないらしく、流が小声で「アタリ」と言った。

「チビ猫の頃、井の頭公園で、天津《てんしん》甘栗の袋に入れて捨てられてたんだけど……猫苦手なくせに、シャツの懐《ふところ》に抱《かか》えて帰ってきたんだ」

それで甘栗？　可愛《かわい》いけれど、もしかして可哀想《かわいそう》な名前なんじゃ……。

「誰にでもは懐《なつ》かないんだけど、きっとアッキーとは気が合うよ。人見知り同士」

人見知り同士はうまくいくという説もあるが、相手が猫の場合はどうだろう。

ていうか……お仕事しなくていいんですか？　彩樹が言うべきか迷っていたら、

「流、ムダ話したいなら描きながらにしろ」

不機嫌そうな海斗の声が飛んできた。

「ラブコメの天才が怒ってる。コーヒー、早く持ってってやって」

小さく耳打ちをすると、流は甘栗を床に降ろした。

彩樹はびくりとしたが、甘栗は身を翻《ひるがえ》し、海斗のそばに駆けていった。

足にすりよる甘栗に、海斗は頭をなでてやるでも声をかけるでもなく、知らん顔で原稿に向かっている。

でも、きっと……。

苦手な猫を拾ってきたのは、見捨てることができなかったから。甘栗という名前も、意地悪でつけたわけじゃなく、可愛いと思ってつけたのだろう。

もちろんそれは、希望的観測。ファンとしてはそうであってほしい。三人のうちでいちばん、どう接していいのかわからない人だから……。


翌日の夕方、原稿は予定どおりに終了。仕事場で完成を待っていた渉は、できたての原稿を抱え、飛ぶように去っていった。

窓から差し込む光は、夕焼けの色。仕事を終えた三人は、二階にある自室には戻らず、仕事場の応接コーナーのソファや床で眠り込んでいる。

「お疲れさまでした」

三人の寝顔に、彩樹は心から言った。

コーヒーやお茶をいれたり、夜食のコンビニスイーツを冷蔵庫から取り出してきたり、たまに部屋の空気を入れ替えたり……。

自分のできることがあまりにもささやかすぎて、部屋まで貸してもらって、これでバイト料をもらうのは申し訳ない気がした。

「ん……」

ソファで眠っていた海斗が寝返りを打ち、毛布が肩からずり落ちた。

「風邪ひきますよ」

囁くように言いながら、彩樹はそっと毛布をかけ直した。そのとき、

「行かないでくれ……」

海斗が彩樹の手首をつかんだ。

どきっとして顔を見たが、海斗は眠ったまま。今のは寝言だったらしい。

彩樹はほっとし、身体の力を抜いた。

俺サマな海斗らしくない、切なそうな声に、恋人に逃げられたのだと、流が言っていたのを思い出す。

ふられてばかりのケイゴも、いつも去っていくマドンナを引き止めるけれど、コメディだから笑えてしまう。それに、ケイゴには、一週間後にはまた新しい恋が訪《おとず》れる。

だけど、現実の恋はそんなふうにはいかない。片想いばかりで本当の失恋をしたことのない自分でも、それがどんな気持ちなのかは想像できる。

徹夜につきあったからだけじゃなく、海斗の手が温かいからかもしれない。ほどくのをためらい、しばらくそのままにしていたら、なんだか眠くなってきた。

ずっと起きている必要はないと言われたが、先生たちががんばっているのに、自分だけ眠る

のは申し訳なかったし、新しい部屋では落ち着いて寝ることなどできそうもなかった。

でも、この状態で眠ってしまうと、ものすごく怪《あや》しい。どうしようかと思っていたら……。

甘栗がひょっこり現れ、海斗の身体によじ登ってきた。

「交代……してくれるんだ？」

懐にもぐり込むのを見て、彩樹はゆっくりと手をほどいた。

海斗は猫が苦手なのに、甘栗は海斗のことが大好きらしい。

口が悪くてぶっきらぼうな人でも、猫が寄り添っているだけでやさしい人に見えてしまうから不思議だ。

ふっと微笑み、彩樹は静かにその場から立ち去った。

変わり者の集まりだけど、すごくがんばっている先生たち。漫画の手伝いができないぶん、メシスタントとして、少しでもシュガークラウドの役に立ちたい。

勝手なことをするなと怒られるかもしれないけれど、今いちばんやりたいこと、実行してしまおう。


「なんかいい匂いすると思ったら……これ、ぜんぶアッキーが作ったの⁉」

食堂に入ってきた流が、テーブルを見て驚いた声をあげる。

「勝手なことしてすみませんっ」

彩樹は深々と頭を下げた。

渡された財布の中のお金で、米や野菜や肉を勝手に買ってきてしまった。

疲れ果てている三人に、コンビニ弁当を電子レンジで温めただけの夕飯を出すなんて、どうしてもできなかった。

「買い物に使うために渡してあるんだし、アッキーがごはん作ってくれるなんて感激だよ。ていうか、こんな料理上手だったなんて……」

作ってもよかったんだ。

流の笑顔に、ようやく安心することができた。

「おまえなぁ……こんな特殊能力持ってんなら、もったいぶってないでさっさと使えよ」

「まったくだ」

俺サマなコメントはともかく、流に呼ばれてやってきた海斗と哲も、買ってきたものより、家で作った料理のほうが嬉しいのだとわかった。

「言えなかったんだよな。俺たちが、ガチャポン引けって言ったから」

流に庇《かば》われ、彩樹は首を横に振った。

最初に自分が、作っていいか訊《き》けばよかっただけの話だ。

「とにかく食べよ。アッキーの手料理」

「肝心《かんじん》なのは見た目より味だからな」

もれなく憎らしい、海斗の言葉。でも、甘栗を見捨てなかったことに免《めん》じて、目をつぶろう。たとえやさしくなくても、おいしそうにたくさん食べる男には、自分はちょっと甘いかもしれない。そう、ジャージ姿の男に弱いのと同じ。

彩樹がテーブルに並べたのは、白いごはんにわかめの味噌汁《みそしる》、唐揚《からあ》げ、肉じゃが、茄子《なす》とピーマンのみそ炒《いた》め、大根とツナのサラダに、カリカリじゃことおろしポン酢の冷奴《ひややっこ》。

三人の好みがまだ把握《はあく》できていないから、渉と真二に評判がよかったものを並べてみた。なので、けして手の込んだものではなく、いかにも男性が喜びそうな、ごくありふれた家庭料理ばかりだ。

「アッキー、すごい。どれもおいし～」

「間違いない」

流も哲も手放しで喜んでくれたが、海斗だけはノーコメント。無言で食べている。かならずしも、男がみんなこの手の料理が好きとは限らない。やっぱり、好みを訊いてから作ればよかった。

「海斗は、おいしすぎて言葉にならないってさ」

彩樹が反省していると、流が気づいてフォローしてくれた。

「そんな、いいんです」

「うるさいな。今、うまいって言おうとしてたんだろ」

肉じゃがを頬張《ほおば》りながら、海斗がぼそりと言った。

「この人、昔からこういうキャラだから、いちいち気にしなくていいからね」

フォローしてくれる流に、彩樹は笑顔でうなずいた。

人見知りの自分とはタイプが違うけれど、海斗も自分の気持ちを素直に表現するのが苦手な人なのかもしれない。

「そういえば、学校やめたって杉さん言ってたけど……なんかやりたいことでもあるの？」

流に問われ、彩樹は一瞬迷ったが、

「じつは僕……」

子供の頃、面倒をみてくれていた家政婦に憧れていたこと。男性が家政夫として働ける会社を見つけたこと。その結果、姉の怒りを買って追い出されたことなど、思い切って打ち明けた。

「言われてみれば、保育士や看護師とか……専業主夫になる男なんてのも珍しくなくなったし、男の家政夫がいても不思議じゃないよね」

「たしかに」

「そんな便利な男がいるんなら、メシスタントよりそっち雇《やと》ったほうが手っ取り早いかもな」

肯定的《こうていてき》な三人のリアクションに、彩樹は驚きながら、心からほっとしていた。

男が家政夫なんてと、呆れられるか笑われるかだと思っていた。とくに海斗からは、痛いっっこみが入るだろうと身構えていた。

でも、誰もヘンだとは言わなかった。男のくせにとも。

もう小学生じゃないのに、夢を否定されなかったことが、こんなにも嬉しい。

「ていうかさ……海斗、まさかアッキーに掃除や洗濯までやらせようとか思ってないよね？」

流が確かめるように訊くと、

「家政夫になりたいんだろ？　ちょうどいいじゃないか」

海斗はしれっとした顔で言った。

「あのね、アッキーはあくまでもメシスタントで、杉さんのおと……」

「や、やります。やらせてくださいっ」

いきなり彩樹が立ち上がったので、流は驚いたように目をぱちくりとさせた。

「仕事増えるのに、やりたいの？」

「料理だけじゃなく、家事全般が家政夫の仕事ですから……勉強になります」

彩樹はきっぱりと答えた。

「ほら見ろ。本人がやりたいって言ってんだから、問題ないだろ」

海斗が唐揚げを食べようとしたら、なぜか流がにやりと笑った。

「そんなになにもかもやってほしいなんて……よっぽどアッキーのこと気に入ったんだね」

「……」

海斗は箸《はし》を止め、固まった。が、

「やりたいなら、やらせてやればいいって言っただけだろ」

あわてて否定し、唐揚げにかじりつく。

「はいはい、それはどうも失礼しました。こんなおいしいごはん作ってもらえるなら、俺は文句ありませんから」

流は呆れ顔になり、肩をすくめた。

「スイーツ作れるなら、俺も文句なし」

哲のリクエストに、彩樹は目を輝かせた。

「作らせてください。僕、学校では製菓のクラスも選択してたんです」

「えっ⁉」

三人が同時に彩樹を見た。

「あ……」

そういえば自己紹介のとき、海斗のネーム騒ぎで学校のことを話しそびれ、そのままになっていた。

「アッキー、プロじゃん⁉」

「ち、違います。調理師免許、持ってるだけですから」

「マジで⁉　杉さん……もしかして、俺たちにすっごいメシスタント寄越《よこ》してくれたんじゃないの。哲ちゃん、よかった……あれ？」

いつの間にか、話を振った張本人の姿が消えている。

と思ったら、プリンターで印刷した紙を手に哲が戻ってきた。

「こういうの……作れる？」

見せられたのは、ケーキのネット通販のページで、お取り寄せまで約半年お待たせしますと書かれている。

半年はひどい。そんなに待たなくても、ここにはオーブンもあるし、渉に頼んで道具を持ってきてもらえば……。

「大丈夫です。ボストンクリームパイなら、実習で作ったことがあります」

彩樹が答えると、哲が両手で右手を握りしめてきた。

「深山《みやま》くん、君はスーパーメシスタントだ」

スーパーは不要です。

でも、ちょっと嬉しい。哲が初めて名前を呼んでくれた。しかも、自分から話しかけてくれた。家政夫になりたいことも、栄養専門学校に通っていたことも、最初から伝えておけばよかったのかもしれない。

「アッキー、僕にもクッキーとかチョコとか作ってくれる？　哲ちゃんのみたいなプロっぽいんじゃなくて、いかにも手作り風のやつ」

お安い御用です。彩樹は大きくうなずいた。

「せっかくだから、海斗もリクエストしちゃえば？」

「おまえ、俺が甘いもん嫌いなの知ってんだろ」

流に勧められ、海斗が苦々《にがにが》しい顔をする。

「かわいそ～。こんなにスイーツが溢《あふ》れてる時代に、なにしに生まれてきたんだろうねぇ」

「まったくだ」

「酒が飲めないやつらに、言われたくないね」

三人のやりとりは、仲のいい兄弟のケンカみたいで、見ていて楽しい。

腕が揮《ふる》えると思ったのに、約一名スイーツ嫌いな人がいるのは残念だけど……。

これからは家事ができる。思いっきり料理ができる。シュガークラウドの助けになることができる。

わくわくしている自分に、彩樹はふと気がついた。

がんばって成果をあげれば、もう一度渉に応援してもらえる。麻矢《まや》にもわかってもらえるかもしれない。それこそが、ここへ来た目的だったのに……。

たった一日で、すっかり目的が変わってしまっていた。

3

こんがり焼いた厚めのトーストに、ハムエッグとミニサラダ、そしてコーヒー。

昨夜《ゆうべ》は和食だったし、吉祥寺《きちじょうじ》はお洒落《しゃれ》なカフェが多いので、渉《わたる》の大好きな純喫茶風モーニングにしてみたら、やっぱりウケた。

ランチはがっつり簡単に食べられるものがいいと言われたから、グリルした鶏《とり》にたっぷりのつけダレをかけ、獅子唐《ししとう》の緑と紅《べに》しょうがの赤を添えてきじ焼き丼《どん》にした。

けれど、昼休みになったのに、なぜか海斗《かいと》の姿が見えない。

食堂で食べ始めた流《りゅう》と哲《てつ》に、海斗のことを訊《たず》ねると、また井《い》の頭《かしら》池のボートの上にいるのだという。

「原稿明けは基本的に一日休みなんだけど、海斗はもうつぎのネーム考え始めてるから……」

肩をすくめる流に、彩樹《あき》は目をまるくした。

「それじゃあ……海先生は漫画家になってからずっと、休みなしに働いてるんですか?」

「いや……前はまとめて三話ずつネーム出してたから、けっこうフリーな感じでやってたんだけど、今はごらんのとおり毎回ギリギリだろ?」

なにも言えず、彩樹は流を見つめた。

「俺たちには言わないけど……海斗、前みたいには書けなくなってるんだよね」

「え? でも、海先生はちゃんと……」

「ああ見えて、責任感強いから……ギリになっても、かならず読者楽しませるもの出してきてるよ。でも、海斗は書いてて楽しくないんじゃないかな」

楽しくない? 彩樹が首をかしげると、流はふっと目を細めた。

「失恋の傷が癒《い》えてないのに、ラブコメはね……」

それはそうだ。彩樹は心の中でつぶやいた。

もともと物語なんて作れないから、想像するしかないけれど、失恋をしたのに恋愛の話を考えるのはきっとつらいだろう。しかもコメディ。読者を笑わせなくてはいけないのだから。

『この話作ってるやつ、もう終わりだよ。書きたくなくなってるのに、人気あるから無理やりつづけてるってパターン?』

初めて会ったとき、海斗が口にした言葉。どうしてあんなことを言ったのか、少しわかった気がした。

「まぁ、新しい恋でも見つければ、問題は解決するんだろうけどね……」

「時間がない、と」

流と哲は顔を見あわせ、「お互いに」と冗談めかして笑った。

週刊連載をしている漫画家が、過酷《かこく》な労働とプレッシャーを背負《せお》ってやっていることは、渉から聞いて知っている。だからこそ、食事だけはきちんと食べてほしい。

時計ばかり見ている彩樹に、

「アッキーも、海斗のこと待ってないで昼ごはん食べちゃいなよ」

流が声をかけてくれる。

「そんなに心配しなくても、腹減ったら帰ってくるよ。腕のいい料理人がいるのに、わざわざ外食するはずないだろ」

やさしい流の言葉に、彩樹は笑顔でうなずいた。

「いた……」

双眼鏡を借りてきたので、無人に見えるボートをすぐに見つけることができた。

この前みたいに、帰りに手が動かなくならないように、今日は足で漕《こ》げるサイクルボートを選んだ。

「先生、もうお昼過ぎてるんで……よかったら……」

ボートを寄せながら声をかけたら、

「出前なんか頼んだ覚えないぞ」

横たわったまま、そっけない返事が返ってくる。

「す、すみません。お仕事の邪魔でしたよね」

「馬鹿、持ってきたんなら置いてけ」

方向転換しようとする彩樹を、海斗はあわてて引き止めた。

やっぱり、お腹すいてたんですね。

彩樹が弁当の包みとお茶の入ったステンレスボトルを渡すと、

「コーヒーの出前のつぎは、宅配弁当屋かよ」

海斗は苦笑いを浮かべながらも、受け取った包みをすぐに開きにかかる。

弁当箱がなかったので、流と哲に出したきじ焼丼を、彩《いろど》りよくジップロックコンテナーに詰め込んできた。口に合うといいのだけれど……。

「用がすんだら、さっさと帰れよ。おまえは俺専用じゃないんだから」

「は……はいっ」

あわててハンドルを切りつつ、なぜか口元がゆるんでしまう。

俺サマな海斗の言葉に、なにを馬鹿みたいに喜んでいるんだろう。

そう自問した瞬間、ある人の顔がふっと浮かんだ。

「なんだ……」

答えがわかり、笑いそうになる。

どう考えても苦手なタイプなのに、気になって世話を焼きたくなるのは、なんのことはない……海斗の感情表現が、姉の麻矢《まや》に似ているからだった。


「もうこんなことするなよ」

公園から戻った海斗が、厨房《ちゅうぼう》に入ってくるなり言った。

やっぱり迷惑だったらしい。

でも、返された包みは軽く、すっかり空《から》になっているのがわかった。

「よけいなことしてすみません。でも……お口に合ったようでよかったです」

「腹へってりゃ、なんでも食うだろ」

憎まれ口を利《き》く海斗に、彩樹はこっそり心の中で笑った。

いちばんわかりにくい人だと思っていたけれど、いったん文法がわかると、こんなにもわかりやすい人はない。

自分を鍛《きた》えてくれた麻矢に、感謝しなくてはいけない。もしまた明日、宅配弁当を届けても、海斗はきっと食べてくれるだろう。

笑いを堪《こら》えながら洗い物をしようとしたら、流が「なになに」と言って入ってきた。

「こんなサービスもありなんだ。いいなぁ……アッキーの手作り弁当食べたいから、俺もボートで原稿やろうかな」

「えっ、ボートの上で描けるんですか？」

彩樹が真剣に訊き返すと、流は「冗談だよ」と笑い、海斗の手からひょいとネームノートを取り上げた。

「うそ、できてるんだ⁉　こんなに早いの久しぶりじゃん。どうしちゃったのさ」

「早いと悪いのかよ」

珍しいものでも見たように言われ、海斗は不服顔になる。

「もしかして、アッキーの弁当が効いたんじゃないの？」

「えっ⁉　ま、まさか……」

彩樹はあわてて否定した。

「ありうるな」

いつの間にやってきたのか、哲がぬっと割り込んでくる。

「そんなことってあるのか？」

怒るかと思ったのに、海斗は腕組みをして、真剣に考え込んでいる。

「そりゃ、あるよ。おいしいものには人を元気にさせる力があるんだから」

それは誰もが思うこと。でも、だからといって、ヒットを飛ばすような漫画のアイディアが、料理のせいで出てくるとは思えない。

「ていうか、アッキーってルックスもキャラも癒《いや》し系じゃん？」

「俺はべつに癒してもらおうなんて思って……」

「思ってなくても！　海斗に限らず、ハードワークしてる人には癒しが必要なんだって。哲《てっ》ちゃんのスイーツとか、俺のアイドルとかと同じ」

流に言い返され、海斗はなるほどという顔になった。

「アッキーがいちいち届けるのも、わざわざ弁当作るのも大変だし……海斗、ボートでネームするのやめて、食堂でやんなよ」

彩樹は思わず、ぎょっとなる。

こわい人じゃないとわかったけれど、料理をしているあいだじゅう海斗にそばにいられたら、気づまりになること必至だ。

「おまえ……自分の癒し係が、ほかの男といっしょにいていいのかよ」

僕はメシスタントで、癒し係じゃありません。ていうか、流先生がいいか悪いかじゃなく、僕に訊いてください。

「ネーム早く上げてくれるほうが大事」

流はにっこりと海斗に微笑《ほほえ》み、

「大事だな」

哲が大きくうなずいたところで、彩樹が口を挟《はさ》む間もなく、話が決まってしまった。

冗談ならいいと祈っていたのに……。

翌週から、海斗は食堂のテーブルでネームをするようになっていた。

ここは自宅でもあるのだから、どこでなにをしようと海斗の自由。厨房と食堂のあいだの引き戸はいつも開け放っているので、海斗がいるからと閉めるわけにはいかない。

昼食の下ごしらえをしながら、海斗に背中を向けているのは、後ろから見られているようで落ち着かない。

などと、そわそわしていたのも束《つか》の間《ま》、仕事をしているときには周りが見えない人だったのを思い出す。

ボートにコーヒーの出前をさせられたときのことが浮かび、彩樹はこっそり笑った。

古い建物のせいだろうか。姉夫婦のマンションにいたときよりも、時間が静かに流れてゆくのがわかる。

野菜を刻《きざ》んだり、煮炊《にた》きをする音に混ざり、ネームを描く鉛筆の音が微《かす》かに聞こえてくる。

こんどの話は、どんなふうになるんだろう。大好きな漫画が、自分のすぐそばで生まれてくるのだと思ったら、一ファンに戻ってわくわくしてきた。

気づまりになるなどと思ったのが申し訳ないほど、物語の世界に入り込んでいる海斗の姿は真摯《しんし》に見える。

声をかけるタイミングを計《はか》りかね、見つめていたら、伸びをした海斗と目が合った。

今なら大丈夫。

「あの、買い物に行ってきますけど……なにか必要なものがありましたら、おっしゃってください」

彩樹が遠慮がちに訊ねると、

「じゃあ、俺も行く」

海斗は当然みたいに言った。


吉祥寺に四十年前からある老舗《しにせ》のスーパーマーケットには、輸入食品や珍しいスパイス、製菓の材料などが豊富に揃《そろ》っていて、ここに来るだけで楽しくなってしまう。

でも今日は少し違う。いつもひとりで来ていたので、海斗がカートを押しながらそばにいるのが不思議で、なんだかどきどきしている。

べつに海斗だからじゃなく、こんなふうに彼氏とスーパーで買い物ができたら……などと思っていたのが、リアルに再現されているせいだった。

「えっ、キャベツって一個三百五十円もすんのか？」

海斗はさっきからずっと、生鮮食品の値段を確認しては驚いている。

「それはいつもじゃなくて、天候のせいで値上がっただけだと思います」

「じゃ、これは？　豊作《ほうさく》だったからこんなに安いのか？」

「もやしはだいたい三十円前後で、六十円は安くはないですよ。いい品が揃ってますけど、ここはうちの近所より高いみたいです」

「店によって、そんなに違うのか……」

漫画のストーリーを考えているようには見えないのが、ちょっと心配だけれど……。

「もしかして俺、漫画ばっかで浮世離れしてんのか……」

自分のそばにいたらネームが進むかもと言われ、素直に実行してみたり、ものの値段を知らないことを気にしたり、意外な一面が可愛《かわい》くて可笑《おか》しい。

「大丈夫ですよ。料理しない人はそんなもんです。義兄《あに》もそうですし……」

「そっか、杉《すぎ》さんも知らないんだ」

ほっとした顔をするのを見て、

「うちの場合、姉もですけどね」

彩樹は笑顔でつけ足した。

麻矢の場合、流行《はや》りのファッションやコスメ、話題になったスイーツの値段などには異常に

詳しいけれど、スーパーに並んでいる野菜や魚の値段には無頓着《むとんちゃく》だ。

「こんな便利な弟がいたら、主婦なんか必要ないもんな」

先生、それは言いすぎです。苦笑いを浮かべつつ、内心楽しくて仕方がない。

会計をすませ、エコバッグに品物を詰め終わると、海斗が当たり前みたいに荷物を持ってくれた。

「僕の仕事ですから」

あわてて断る彩樹に、

「ほんと、面倒くさいやつだな」

海斗は呆《あき》れ顔をし、荷物を持ってさっさと歩いていってしまう。

あとを追いながら、彩樹は心の中で祈った。

どうか自分が、海斗を好きになったりしませんように……。

だから、こんなことをしてもネームができるわけじゃないんだと、海斗が早く気づいてくれますように……。


彩樹の祈りは天には届かなかったようで、その後も海斗は食堂でネームを描き、世間を知るためだと言っては楽しそうに買い物についてくる。

困ったと思うのと同じだけ、満たされた気分になってしまう自分を、うまくコントロールできるかがちょっと不安。

ただ、仕事が順調なのはけして悪いことじゃなく、前回より一日早くネームができ、作画の作業も順調に進んでいる。

といっても、締め切りまではわずか二日。ゆっくり眠っている暇はやはりないのだ。

そんな状況のなか、先生たちのささやかなお楽しみはというと……。

「なにが出た?」

彩樹がガチャポンのカプセルを取り出すのを見て、流がすかさず訊いてくる。

「生姜《しょうが》焼《や》き定食、出ました」

「俺のだ」

海斗が得意げにふふんと笑うと、

「俺も生姜焼き入れたんだけど」

「俺も」

流と哲も名乗りをあげるが、これは海斗の字だ。

どんなにネームを急いでいても、いつも几帳面《きちょうめん》な吹き出しの中の文字。ただのリクエストなのに、海斗から手紙をもらったみたいに思え、捨てられずに食器棚の引き出しに入れてある。

「なんだよ、それ。生姜焼きが毎日つづいたらどうすんだよ」

「そっちこそ」

「俺は毎日つづいてもいい」

子供みたいなケンカを始める二十七歳の男たちに、彩樹は苦笑しながら紙をエプロンのポケットに入れた。

カプセルの中にはもう、牛丼屋や宅配ピザ屋、弁当屋などのメニューは入っていない。代わりに、三人が彩樹に作ってほしい料理のリクエストが入っている。

「それでは今夜は、生姜焼き定食、作らせていただきます」

張り切る彩樹に、流がぷっと吹き出し、つられるように哲も笑った。

またやってしまった。あわてて「作ります」と訂正したら、

「直すなよ。面白いんだから」

海斗が意外なことを言った。

「でも、海先生……前にやめろって……」

反論しつつ、ほんとは嬉しい。

「キャラは統一しとかないと、話が混乱するんだよ」

面倒くさそうにつぶやいて、海斗は仕事に戻った。

「なにそれ、漫画の話？」

流は怪訝《けげん》そうな顔をし、

「さぁ」

哲も首をかしげる。

「うるさいな。そのままでいいって言っただけだろ。晩メシ決定したんだから、さっさと仕事に戻れよ」

そのままでいい。誰かに言ってほしいと願いながら、誰からももらえなかった言葉を、海斗が言ってくれた。

「はいはい」

流と哲が原稿用紙に向かうのを見届けると、ささやかな喜びを胸にしまい、彩樹も厨房へと戻った。


気さくな人は相変わらずひとりだけれど、やさしい人が三人に増えた。

ほんとは最初から三人だったのに、表現の仕方が違うから、海斗も同じだと気づくのには少し時間がかかってしまった。

俺サマなのにやさしい。そんな矛盾《むじゅん》したキャラは、漫画に登場させたら面白いだろう。

ルックスだけなら、海斗はケイゴに似ているが、やっぱり自分に似たキャラは描きづらいのか、漫画には登場したことがない。

「アッキー？　さっきから、同じとこばっか磨《みが》いてるよ」

流に言われ、彩樹は我に返った。

仕事場の応接コーナーの床をモップで磨いていたのだけれど、なんだか海斗のことばかり考えている。

「……すみません」

「な〜に、赤くなってんの？　俺のこと考えてたとか？」

「ち、違いますっ」

「照れちゃって、カーワイイ」

流が後ろからハグしようとしたので、彩樹は振り向きざまに、素早くモップの柄《え》で防御《ぼうぎょ》した。

「アッキー、いつの間にそんな技を……いてっ」

「おまえがセクハラするからだろ。遊んでないでさっさと描けよ」

流の後頭部を軽く叩き、海斗が仕事部屋から出ていこうとする。

「そっちこそ、逃亡すんなよ」

「便所」

海斗の足元を見ると、なぜかスリッパを片方しか履いていない。

「最近ちょっとネームが早いからって、偉そうにしすぎじゃない？」

ネームが早いのは、いいことだと思います。流の訴《うった》えを笑顔で退《しりぞ》け、彩樹はモップで床をなでるふりで、海斗の机の周りを見回した。

スリッパを片方履いていなかったら、普通は違和感を覚えるはずだけれど……。

海斗の場合、ネームの最中は周りが見えなくなる人だから、パソコンで仕上げの作業をしながら、きっとつぎのストーリーを考えているのに違いない。

「あ……」

海斗の机の下に、もう片方のスリッパが置き去られているのを見つけ、彩樹はふっと目を細めた。

姿が見えないと思ったら……。

甘栗《あまぐり》がスリッパを枕に、気持ちよさそうに眠っていた。

誰かのいいところを発見するのは、嬉しいことだけれど……たぶん、自分にとっては困ることになると思う。

海斗《かいと》の場合、最初の印象が悪かっただけに、新たによくないところを見つけるのが難しい。逆にこんな一面もあったのかと、いいところばかりが目についてしまう。

哲《てつ》にリクエストされたケーキのために、キルシュの小瓶《こびん》とサワーチェリーの缶詰《かんづめ》を買い物カゴに入れながら、不思議な気分になってくる。

渉《わたる》が打ち合わせにやってきたので、ここぞとばかり、ひとりで買い物に出てきてしまった。久しぶりのひとりにほっとするかと思ったのに、その逆だった。

いつも隣でカートを押している海斗がいないことが、寂しくて仕方ない。

「あれ……今日は、ダーリンといっしょじゃないんだ?」

背後からふいに声をかけられ、彩樹《あき》は驚いて振り向いた。

すると、二十代半《なか》ばくらいの、色白で華奢《きゃしゃ》な男性がにっこりと微笑《ほほえ》んでいて、

「ち、違います」

彩樹はあわてて否定した。

知らない人に話しかけられるだけでも戸惑うのに、いきなりおかしなことを言われ、逃げ出したくなった。

「違うんだ？　いつも仲良さげに買い物してるから、勝手にそうかと思っちゃってた」

どうして、自分がゲイだとわかったんだろう。急にこわくなり、彩樹はその場を離れようとした。が、

「ほら、今日も入ってる」

買い物カゴをつかまれる。

「ここのコーナーで、いつもお菓子の材料買ってくから、手作りしてる人なんだなって気づいたんだよね」

いつも見られていたなんて……。

さらに不安が増し、彩樹は目の前のきれいな顔を見つめた。

「やだなぁ……怪しいもんじゃないよ」

男性は困ったように笑った。

「おれ、専業主夫やってんだけど……料理苦手なんだよね。とくにケーキはお手上げ状態。それで思わず、声かけちゃいました」

そういうことか……。

彩樹が脱力するのを見て、男性は「驚かせてごめんね」と悪戯《いたずら》っぽく笑った。

最近はそういう家庭もあるとは聞いてたけれど、ほんとにいるんだ。奥さんが仕事していて、旦那《だんな》さんが家事をする夫婦。

でも、料理が苦手なのに、どうしてこの人が家事担当になったんだろう？　思っただけで、初対面の人間にそんなことを訊《き》けるはずもなく……。

「よかったら、初心者向けのレシピ本紹介しましょうか？」

彩樹が申し出ると、男性は「ダメダメ」と首を振った。

「おれ……本とか見て、分量計ったりとか超苦手なんだよね。うち来て作ってくれない？」

そういう人のためにケーキを提供してくれる店があるのだから、ぜひそちらを利用されることをお勧《すす》めしたい。

彩樹が困っていたら、こんどは手を合わせる。

「お願い、手伝って！　もうすぐダンナの誕生日だから、どうしてもバースデーケーキ作ってあげたいんだ」

「でも、僕は仕事中……え？」

今、ダンナって言った？　訊き返すように、彩樹は男性の顔を見た。

「こう見えてもおれ、奥さんなんだ」

彼は照れる様子もなく、嬉しそうに左手の指輪を見せてくれた。

きっぱりと断るつもりだったのに……。

彩樹は厨房に立ち、エプロンをつけながら首をかしげた。

人見知りの自分が、初対面の人の家にたったひとりで上がり込んだという珍事。結局、頼まれた日に彼の家に行ってしまった。

主夫の彼が、流《りゅう》とよく似た明るくて気さくな性格で、いつの間にか人を自分のペースに巻き込むタイプだったからかもしれない。

料理人でも家政夫でもないのに、毎日好きな人に手料理を食べさせられる、ゲイカップルの奥さん。男性の職業に、そんな選択肢《せんたくし》があるなんて、夢にも思っていなかった。

ダイニングの壁には、幸せそうな彼と彼氏のツーショット写真。不器用な手つきで、一生懸命デコレーションをする彼を見ながら、ちょっとうらやましくなってしまった。

自分の場合、恋すらままならないのだから、こんな就職先に恵まれる可能性は限りなくゼロに近い。そんなことを確認するために彼の家に行ったのだとしたら、なんだか虚《むな》しい。

それにしても……。

調理台に置いたデコレーションケーキを前に、彩樹はどうしたものかと考える。

大きな冷蔵庫にはスペースが余っているし、なによりも、スイーツ好きの哲が喜んで平らげてくれるだろう。

問題は、チョコで書かれたHAPPY BIRTHDAYの文字だった。

主夫の彼は、あくまでも自分が作らないと意味がないと言い、隣で彩樹に見本を作らせ、うまくできたお礼にと言って、お手本のほうのケーキをまるごとくれたのだ。

人見知りなのになぜとつっこまれたくなくて、家に着替えを取りに行くと言って時間をもらったのに、これをどう説明すればいいんだろう。

「アッキー、知っててくれたんだ⁉　感激だなぁ」

いきなり流に背中から抱きつかれ、彩樹は飛び上がりそうになった。

時計を見ると、いつの間にか三時のお茶の時間になっていた。

「ね、誰に訊いたの？　今日が俺の誕生日だって」

「い、いえ……その……」

彩樹は思わず、しどろもどろになる。

まさか、流の誕生日も今日だったなんて……。

「アッキーの手作りバースデーケーキなんて、感激だなぁ」

こんなに喜んでいるのに、他人のダンナのために作ったケーキを、いかにも心をこめて作ったみたいに食べさせるのは、騙《だま》しているようで心苦しい。

「ごめんなさいっ」

彩樹は流に頭を下げた。

黙っていることができず、ケーキがここにある理由を、彩樹は正直に打ち明けた。

「だから……日をあらためてもう一度、流先生のためのケーキ作らせてください」

彩樹が申し出ると、

「馬鹿だな」

あとからやってきた海斗が笑った。

「じゃなくて、馬鹿正直」

すかさず、いっしょに来た哲が言い直す。

どっちも正解なので、彩樹は黙ってうなだれるしかない。

「そこがアッキーのいいところじゃん。とにかく、アッキーの手作りには変わりないんだから、ケーキはこれで十分」

やっぱり流はやさしい。フォロー上手で、さっぱりしていて……。

「その代わり、明日デートしてよ。TMLのライブイベント握手会つき。アッキーに本物のアッキー見せようと思ってチケット二枚買ってあるんだ」

さっぱりなのに？　交換条件？

「で、でも、僕は仕事が……」

あわてて断ろうとしたが、

「絶好調の海斗が早めにネーム上げてくれたから、明日半日くらいならアッキーと俺がいなくても大丈夫なんだよね」

先に言われて、断る理由がなくなってしまった。


デートと言ったのは冗談だと思うけれど、ふたりきりで出かけるのはなんとなく気が重い。

などと思っていたら……。

「なに寝ごと言ってんですか。一日くらい早くネームできても、どんなアクシデントが起きるかわからないのに、ダメに決まってるでしょう」

ネームの打ち合わせに来た渉が、思いっきり却下してくれた。

流には申し訳ないが、ほっとする。

「ヤフオクで、一枚二万五千円で落としたのに〜」

「えっ……」

流が口にした金額に、彩樹はトレイを持ったまま固まった。

「こいつ、馬鹿だな」

「馬鹿だ」

海斗と哲が忌憚《きたん》のない感想を述《の》べると、流は大きなため息をつき、彩樹を見た。

「どう考えてももったいないから、アッキーだけでも行ってきてよ」

「えっ、そんな……流先生が行かないのに、僕ひとりでなんて無理です」

彩樹はうろたえながら、コーヒーを配った。

が、流はなぜかにやりと笑う。

「海斗なら、いっしょに行けるんじゃない？　杉《すぎ》さん、一日余裕あるんだから、明日の昼間くらい、海斗がいなくてもいいでしょ」

「ネーム早く出してもらってるし、まぁ……海先生だけなら」

渉は仕方なさそうにコーヒーを啜《すす》った。

「興味ないイベント行くくらいなら、今すぐもう一本ネームやるほうがマシだよ」

けれど、海斗はきっぱりと拒否した。

「いいですね、それ！　ぜひそうしてくださいよ」

速攻で寝返る渉に、

「やるわけないでしょ」

流はしらっとした顔になる。

「ないない」

彩樹の作ったバナナマフィンを食べながら、哲も大きくうなずいた。

「マシってだけで、ネームやりたいわけじゃないからな」

海斗がぬけぬけと言うのを聞き、渉は肩を落とす。

「そんなつもりなら、行ってあげたらどうなんです？　たまにはアイドルのコンサート見るのも、漫画の勉強に……」

「杉さん、もういいです。海斗が行くわけないって、わかってましたから……」

しょんぼりと机に向かうのを見ていたら、流が気の毒になってきた。

行きたくはないけれど、ひとりじゃないなら……。

「海先生、行きましょう。チケット、やっぱりもったいないです。先生にも、気分転換になるかもしれないし」

「気分転換？　ストレスになるだけだろ。そんなに行きたいなら、おまえひとりで行ってこい」

そう言ってコーヒーを飲み干し、海斗は席に着いて仕事を始めてしまった。

海斗がいっしょに行ってくれるなら大丈夫。そう思っていたのに……。周りじゅう女の子のイベントにひとりで行くなんて、ありえない。

泣きそうな顔になる彩樹に、

「行くから大丈夫」

パソコンに向かっていた哲が、マフィンで口をもぐもぐさせながら言った。

哲先生が？　彩樹が目をまるくすると、

「そうだよね。海斗が人見知りのアッキーのこと、ひとりでTMLのイベントに行かせるはずないもんね」

流がすかさず補足した。


勝手に決めるなと怒っていたのに、哲と流が言っていたとおり、海斗はライブイベントについてきてくれた。

御徒町《おかちまち》駅から不忍池《しのばずのいけ》の水上音楽堂に向かいながら、いかにも来てやったんだという顔をしていたのが、彩樹には可笑しくて仕方がなかった。

名物の睡蓮《すいれん》はまだ冬枯れたままだったが、空は晴れ渡り、風はもう初夏の香りがしている。お互いに仕方なく来たとはいえ、いい男とふたり。デートみたいで、ちょっと得した気分になっていたのだけれど……。

音楽堂が近づくにつれ、彩樹は辺りの雰囲気がおかしいことに気づいた。

この違和感はなんだろうと思いつつ、イベント会場に入ったとたん、

「あっ……」

観客のほとんどが男性で占《し》められていることが判明した。

よく見ると、身につけたハッピやハチマキ、手にしたうちわやボードには、あやぴょんとか

マミティとか、女の子の名前が書かれている。もちろん、流の大好きなアッキーの名も……。

座席に着くと、彩樹はひとり言みたいにつぶやいた。

「ＴＭＬって……女の子のアイドルグループだったんですね……」

「おまえ、知らずに来たのか？　先週のヤンタクの表紙とグラビアに載ってただろ」

あれがそうだったのか……。

興味がないので、漫画は読んでも表紙やグラビアはまともに見たことがない。

「どうでもいいけど、さっさと終わんねーかな……」

海斗自身も関心がないからか、呆《あき》れる様子もなく、眠そうにあくびをしている。

朝まで仕事をしていたのに、さらに興味のないイベントを見なければいけないのは、さぞかし……。

彩樹が同情したそのとき、曲が鳴り響き、大歓声とともにミニスカートの女の子たちがつぎつぎにステージに現れた。

「ようこそいらっしゃいましたぁ！」

熱狂する男たちに笑顔をふりまきながら、メンバーが元気いっぱいに自己紹介をする。

人気ナンバー１のアッキーは、高橋明奈《たかはしあきな》というらしい。髪の色や目鼻立ちは似ているかもしれないが、やっぱり女の子だし、そっくりとは言《い》い難《がた》い。

自分が流のタイプだったわけじゃなく、あくまでもアイドルの代用品だったことに、彩樹は正直ほっとした。

が、その瞬間、もっと重大なことに気がついてしまった。

女性アイドルに夢中だということは、流はゲイじゃないのでは……？

だとしたら、哲と海斗のどちらかということになるけれど、哲は建造物とスイーツにしか興味がない人だから……。

そう思ったとたん、確認したわけでもないのに、胸がどきどきしてきた。

海斗の顔を見ようとし、果たせず、彩樹はうつむいた。

「わっ……」

曲が始まり、後ろの座席の集団が大声で「アッキー！」と叫んだので、あわてて両手で耳を押さえた。

でも、そんなことをしてもムダだった。

スピーカーから流れる大音響と、周りの男たちの野太い掛け声。騒音が津波のように押し寄せ、頭の中では、海斗がゲイだったらどうしようという思いがぐるぐると駆《か》け巡《めぐ》っていた。

「ありえないと思ってたけど、それなりに勉強になったな」

怒濤《どとう》のライブ終了後、音楽堂から出てくると、海斗が意外なことを言った。

「オタ芸はともかく……手が届きそうで届かない、そういうアイドルを応援したくなる気持ち、伝わってきたし……普通の女の子に見えても、アイドルのオーラってすごいんだな。こんどケイゴの相手に、小悪魔なアイドル使ってみるか……」

自分以上にイベントの雰囲気にうんざりしているのかと思ったら、興味を持って観察していたらしい。

さすが漫画家。感心するのと同時に、やっぱり女の子に反応するセンサーを普通に持っていることが、あらためてわかってしまった。

冷静に考えてみれば、海斗がゲイのはずがない。男性読者を虜《とりこ》にする女性キャラをつきつぎと生み出すには、いくら作家でも想像力だけでは無理だろう。

最初から違うとわかっていたのに、今さらがっかりするなんてどうかしている。

「デートの最中にこんなこと言うから、俺はダメなんだよな」

「え……？」

海斗の口から出たデートという言葉に、彩樹は思わず顔を上げた。

「それが原因で、五年もつきあってたやつに逃げられたんだ」

「……」

デートと言ったのは、別れた彼女とのことだったらしい。今がそうなんだと勘違いし、どきっとしてしまった。

「いっしょにいても、ネームのことしか考えてないって言われたのに……ぜんぜん直ってないもんな」

「でも、先生のお仕事は普通じゃないスケジュールですから……」

「それは言い訳になんないだろ。めちゃくちゃ仕事してても、恋愛しまくってるやつ、身近にいるし」

「え……?」

流も哲も恋愛する時間がないと言っていたし、渉が浮気をしているはずはない。

「おまえ、ハニプラのファンなんじゃないのか?」

「あ……」

ケイゴのことだと気づき、彩樹は苦笑いを浮かべた。

「あの人の真似《まね》するのは、無理だと……」

彩樹が言いかけたとき、海斗の腹が豪快に鳴った。

「とりあえず、なんか食いに行くか」

訊ねられ、彩樹ははっとする。

ずっと自分の手料理だったから、たまには外食したいのかもしれない。そう思ったけれど……。

「あの、天気もいいし、よかったらここで……」

彩樹はおずおずと申し出た。

「このへんでいいか?」

海斗に訊かれ、彩樹は笑顔でうなずいた。

先生、ナイスアイディアです。

サンドイッチを持ってきたのに、不忍池の遊歩道のベンチが空《あ》いていなくて、どうしようかと思っていたら、海斗がボートの上で食べればいいと提案してくれた。

「朝メシ作る前に、わざわざ弁当まで作ってたとはね……」

お手拭《てふき》を受け取りながら、海斗が言った。

褒《ほ》めているというより、呆れているに近いニュアンス。でも、嫌がっているわけじゃないのは顔を見ればわかる。

「いつも義兄《あに》に作ってたんで」

「そのくらい、朝メシ前ってか?」

まぁ、そういうことです。じゃなくて……。

「付き添っていただいたお礼です」

「付き添いね……」

海斗はふっと笑い、ミックスサンドに手をのばした。

「先生、ほんとにボートがお好きなんですね」

「ひとりになれるからな」

「……」

冗談で返すかと思ったのに、海斗がすらっと本音をこぼしたので驚いた。

「あ、今ひとりになりたいって意味じゃないから」

海斗があわてて言い直す。

わかってます。考えごとをするのに、邪魔が入らなくていいって意味ですよね。

珍しく気を回している海斗に、彩樹はこっそり笑った。

「べつに家でやってもいいんだけど、流と哲がコミックスの直しとかイラストの仕事やってるそばで、なんもしないで、ぼーっと馬鹿みたいな顔してるとこ、見られたくないんだよな」

「哲先生も流先生も、そんなこと気にされないんじゃ……」

「あいつらはね」

そう言って笑うと、海斗は嬉しそうにサンドイッチに噛《か》みついた。

ふた口で食べきるのを見て、こっちも嬉しくなってくる。

「流は、ほんとはグラフィックデザイナーになりたかったんだ。哲も、建築家志望だった。それを俺が漫画の世界に引っぱり込んだんだよ」

思いを打ち明けてくれる海斗を、彩樹はまっすぐに見つめた。

だから、書けなくて苦しんでいるところ、見せられなかったんですね……。

そう、自分のことを天才などと言っていたのも、きっと。

「まぁ、最近は絶好調だから、関係ないけどな」

それは本当だ。今回のネームも、渉が最高に面白いと絶賛《ぜっさん》していた。

自分がそばにいることで、少しでも役に立てているのならもっと嬉しいのだけれど……。

「俺のことより……おまえ、気づいてたか?」

「え?」

「杉さん最近ちょっと痩《や》せただろ」

海斗も心配していたらしい。

自分が同居する前の状態に戻ったことで、渉も麻矢《まや》も、不規則で偏《かたよ》った食生活をしているのに違いない。

「気の毒に……杉さん、前は毎日こんなうまいもの食ってたのにな」

「……」

答えるのも忘れ、彩樹は海斗を見た。

初めてうまいと言ってくれた。流に無理やり言わされる以外、一度も言ったことがなかったのに。

「そういえば前に、家事好きになったのは子供の頃にいた家政婦の影響だって言ってたよな」

「はい……？」

「杉さんの奥さんは、同じ家にいたのになんで影響受けなかったんだろうな」

姉に会えばわかります。というのが正解だけど……。

「僕は逆に、姉に訊かれました。家政婦のお姉さんが憧《あこが》れの人なら、男は普通、こんな女と結婚したいって願望持つはずなのに、なんで自分が家政夫になりたいって発想になるんだって」

「おまえの姉貴、ダンナより奥さんもらったほうがよかったんじゃないか」

海斗が笑ったので、彩樹もつられるように笑った。

「姉と僕、性格が逆だったらよかったのにって、よく言われるんです」

熱い紅茶を、ステンレスボトルから紙コップに注《そそ》ぐ。

「どうして逆にする必要があるんだ？」

「……」

海斗のひと言に、彩樹は手を止めた。

「仕事できる男前な女と、家事が得意な癒《いや》し系の男。せっかく面白いキャラなのに、普通に戻す意味がわからん。当たり前のキャラ出しても、話になんないだろ」

こんな不思議なことを言う人は、海斗が初めてだった。

麻矢の場合、なにをやっても優秀なので、女の子にしとくのはもったいないと褒められることも多かったが、自分はいつも、女の子ならよかったのにと残念がられるだけだったから……。

でも、この気持ちは、前にも味わったことがある。海斗が変わらなくていいと言ってくれたときも、ほんとに嬉しかった。

なにも言えずにいる彩樹を見て、

「悪い。俺、また仕事の話……」

海斗があわてて謝った。

今日の海斗は、いつもと違う。もちろん、いい意味で。

「悪くなんかないです。先生は漫画家で、僕は漫画家のメシスタントなんですから」

彩樹は、海斗に湯気《ゆげ》の立つ紙コップを差し出した。

「そっか……いいんだよな。おまえとなら」

そう言って笑うと、海斗はうまそうに紅茶を飲んだ。

どうしよう。冗談めかした海斗の言葉に、馬鹿みたいに心が反応してしまう。

まっすぐに海斗を見られず、彩樹は景色を見るふりで目をそらした。

そういえば……井《い》の頭《かしら》池の白いスワンボートと違って、不忍池のスワンはピンクやブルーなど色鮮《いろあざ》やかだ。遊園地のような色合いなのは、上野動物園がそばにあるからかもしれない。

陽射しもやわらかな春の休日。楽しげな水辺の光景に、すっかりデート気分になっている。

もちろん、海斗はそんなこと夢にも思っていないだろうけれど……。

「彩樹」

「は、はい……？」

彩樹は驚き、海斗の顔を見た。

初めて名前を呼んでくれた。今までずっと、「おい」とか「おまえ」とかだったのに……。

海斗が自分から「うまい」と言ってくれたり、名前を呼んでくれたり。今日はどういう日なんだろう。

「ちょっと、そこで寝てみな」

「え……？」

彩樹がきょとんとすると、海斗は空を指差した。

「頭の上の雲見てろ。気持ちいいから」

言われるまま、彩樹はボートの底に腰を下ろし、座席に寄りかかるようにして上を見た。

池の背景に見えていた木々や背の高い建物が消え、目の前にはただ、一面に青い空が広がっている。

世界が、空と自分だけになって……。

「あ……」

青空に浮かぶ白い雲を眺めていたら、ふいに不思議な錯覚《さっかく》が起きた。

ボートを漕《こ》がなくても、雲を見ているだけで、自分がどんどん流されてゆく。

海斗が気持ちいいと言ったのは、このことだろうか。なににも縛られず、流されるままどこか遠くへ行ってしまいたい。自然とそんな気分になってくる。

もしかして……と、彩樹は思った。

『ああ見えて、海斗は責任感強いから』

流の言葉を聞いて、海斗の苦しみを理解できたつもりになっていたけれど……。

今やっと、海斗の孤独を実感として感じることができた気がする。

思いやってくれる仲間がそばにいても、書くときはひとり。誰も助けてはくれない。自分が作ったユニットだから、勝手に休んだり辞《や》めたりすることもできない。

そんなとき、海斗の心の支えになっていたのが、別れた恋人だったのかもしれない。

海斗がただひとりだけ、電話やメールを交わしていた女性。自分はその人の代わりにはなれないけれど……海斗は今、幸せそうに見える。

「眠るなよ」

海斗の声が、いつになく甘く聞こえた。

風はやさしく、暢気《のんき》に流れていく雲は、ふんわりと空気を含んだメレンゲのよう。

そういえば、哲のリクエストでいろいろ作ったのに、いちばん得意なシフォンケーキを、先生たちに食べさせてあげていなかった。

シンプルで、バターやクリームを使わない甘さを控《ひか》えたシフォンなら、海斗も食べられるかもしれない。

海斗のために、自分ができることならどんなことでもしてあげたい。

でもそれは、少し前までのように、海斗の仕事を応援したいという気持ちとは違っていた。


大丈夫、好きにはなってない。そう自分に言い聞かせるたびに、好きになっていた気がする。

でも、もう……気づかないふりはできなくなった。

シフォン型と着替えを取りに、久しぶりに訪《おとず》れた姉夫婦のマンション。エレベーターのボタンを押しながら、彩樹は自分の胸に訊いてみる。

真二《しんじ》のときも渉のときも、自分でも呆れるくらいうまく切り抜けてきたのに……。

海斗には彼女も奥さんもいないから、好きになるだけならいいと思ったんだろうか。それとも、臨時雇《やと》いのメシスタントだから、長くはいないからと高《たか》をくっていたのかもしれない。

海斗にもいつか、恐怖のフレーズを言われたらどうする？

想像してみたら、ちゃんと笑って受けとめられる自信がなくなってきた。

もう手遅れだよと、自分つっこみを入れながら、彩樹はキッチンの扉を開けた。

「ね……姉さん⁉」

彩樹が驚くのと同時に、麻矢もきゃっと声をあげた。

会社にいる時間を狙《ねら》って来たのに、鍵を開けてキッチンに入ると、なぜかエプロンをつけた麻矢がいた。

「ごめん。いると思わなかったから」

「元気そうじゃない」

驚いたのを隠そうとしたのか、麻矢はなにしに来たのとも、出ていけとも言わなかった。

「姉さんは……会社休み？」

「風邪ひいちゃって、有給とったの」

珍しい。麻矢が有給なんて、新婚旅行のとき以来じゃないだろうか。

「休むほど具合が悪いのに、寝てなくていいの？」

「おなかすいちゃったから、なにか作ろうと思ったのよ。誰も作ってくれないから」

追い出した張本人に嫌味を言われるとは……。彩樹は苦笑いを浮かべながら、麻矢の背中をそっと押した。

「僕が作るから寝てて……あれ？」

調理台の上に置かれたレシピ本。『大切な日のためのケーキ』というタイトルに、彩樹ははっとなる。

自分のことで精一杯で、すっかり忘れていた。今日は麻矢と渉の結婚記念日だった。

麻矢は渉のために、有給をとってケーキを焼こうとしていたらしい。

自分がいないひと月ほどの時間に、ワーカホリックの麻矢に、いや……麻矢と渉のあいだになにがあったんだろう。

知りたいけれど、訊いても素直に白状するはずないし、悪いことではなさそうだから、追及するのはやめておこう。

「あんたこそ、人の留守狙ってなにしに来たのよ」

「勝手にごめん。着替えとシフォンケーキの型、取りに来たんだ」

「えっ……？」

「もしかして、使うところだった？」

彩樹がちらりとレシピ本を見ると、麻矢はカッと赤くなり、

「そんなことより……どうして先に、あの会社のことちゃんと話さなかったのよ」

本を後ろ手に隠しながら話を変えた。

「いきなり家政夫になりたいなんて言うから、驚いて反対したけど……」

「……？」

どういうことだろう。彩樹は瞬《まばた》きをして麻矢を見た。

「うちのスタッフがトレンドのページで紹介したいって、ドキュメンタリのV持ってきて、びっくりしたわよ。あの会社の社長、まだ三十歳で、おまけにすごいイケメンじゃないの。ブリリアントライフ……社名も気に入ったわ」

そういう理由……？

たしかに社長は若くてハンサムで、経営手腕《しゅわん》もアイディアも豊かで、仕事への情熱も従業員に対する思いやりも持ちあわせた尊敬できる人だった。

でも、家政夫の仕事はあくまでも家事であって……。

「僕がやろうとしてるのは、姉さんが期待してるような、華やかでキラキラした仕事じゃないんだよ」

苦笑いをする彩樹に、麻矢はむっと眉を寄せた。

「あんた、嬉しくないの？　ここに帰ってきていいって言ってるのよ」

「……」

がんばっているからじゃなく、そんな理由で許されるのは嬉しくない。

言い返そうとしたが、

「べつに彩樹の料理が食べたいから、考え変えたわけじゃないからね」

麻矢が思いがけず可愛《かわい》いことを口走ったので、つい笑ってしまった。

海斗はさすがに、こんなセリフは言わないけれど、やっぱりふたりはよく似てる。

「姉さん、自分でも少しは料理しようって思ってるんだね」

彩樹がレシピ本を手にとると、麻矢はあわててひったくった。

「ち、違うわよ。渉のやつ、あっちゃんの心のこもった手料理が食べたいとか、栄養満点の手作り弁当が恋しいとか、嫌味ばっかり言うから」

「それ……嫌味じゃなくて、姉さんに作ってほしいって意味なんじゃないの？」

わかってるから、ケーキ作ろうとしてたんだよね？　味がどうのなんて関係ない。義弟《おとうと》が作ったものより、奥さんが作ったほうが嬉しいに決まってる。

「義兄《にい》さん、姉さんが作ったケーキ見たら感激して泣いちゃうかもね」

「私が料理なんて、天災が起きるんじゃないかって言うに決まってるでしょ」

「言うかもしれないけど……それも、本心じゃないと思う」

「……」

麻矢はふいと横を向き、「生意気」とつぶやいた。

「シフォンの型とナイフは吉祥寺で買えるから、姉さんにあげる。風邪、お大事に」

そう言って、彩樹は着替えだけを持って立ち去った。

夢を遮《さえぎ》っていたものが消え、家に帰ってきてもいいと言われたのに、心からは喜べなかった。

でもそれは、麻矢が許してくれた理由が納得できなかったせいじゃない。

これからもずっと、シュガークラウドの仕事場で、海斗たちのために働いていたい。海斗のそばにいたい。そう思っているからだった。

「俺はケーキは食わないって、知ってるだろ」

いちばんシンプルな、プレーンのシフォンを焼いてみたが、いきなり海斗に拒否されてしまった。

「先入観捨てて、ひと口でいいから食べてみなって。アッキーのケーキ食べたら、人生変わるから」

けれど流のひと言で、

「わかったよ」

海斗は決心したらしく、ケーキをひときれ口に放り込んだ。

流も哲も彩樹もテーブルを囲み、固唾《かたず》を呑《の》んで海斗を見守る。

「ん……？」

海斗は急に、なんだこれという顔になる。

やっぱりダメだったんだろうか。

「先生、無理しないで……」

「悪くない。これなら食える」

彩樹の言葉を遮《さえぎ》るように、海斗が言った。

よかった……。

彩樹がほっとするのを見て、流がにやりと笑う。

「ほらね。だから、食わず嫌いはよしなさいって言ってんの。ほんとに、この子は」

流に髪をぐしゃぐしゃにされ、

「おまえは俺のお袋かよ」

海斗は嫌そうに振り払った。

「こんな可愛くない息子、こっちからお断り。どうせなら、アッキーみたいに可愛い……」

言いかけて、流は言い直す。

「ていうか、アッキーが女の子だったら、マジでお嫁さんにしたい」

「……」

一瞬、固まりそうになったが、

「お気持ちは嬉しいですけど、僕がなりたいのはお嫁さんじゃなく家政夫ですから」

彩樹はさらりと、流の冗談を受け流した。

流に言われても平気なはずなのに、条件反射でびくっとなってしまった。

間違っちゃいけない。そのフレーズを言われて傷つく相手はただひとり。

ちらりと見ると、なぜか目が合い、海斗が言った。

「大丈夫。彩樹なら、最高ランクの家政夫になれるさ」

「……」

ありがとうございます。そう言おうとしたのに、なぜか言葉が出てこなかった。

海斗に家政夫になっても大丈夫と言われた瞬間、女だったらと言われるのと同じくらい、いや……それ以上にショックだった。

「アッキーどうかした？」

流が顔を覗《のぞ》き込《こ》んできたので、彩樹はあわてて言い訳をする。

「すみません。海先生に褒《ほ》められるなんて、初めてだったので……」

「なにが初めてだ。しょっちゅうやることが面白いとか、性格が面倒くさいとか褒めてやってるじゃないか」

「へぇ……そうなんだ。褒めてたんだ？」

「なるほどね」

流と哲にからかわれ、海斗は残りのケーキを頰張《ほおば》った。

遠まわしで不器用な海斗のやさしさが、胸の奥にしまった想いを増幅させていく。

こんなふうにまた、好きになっていってしまう。

いちばん得意なシフォンケーキ、海斗に食べてもらえてよかった。今はただ、そのことだけ考えよう。

こんどはどんなフレーバーにしようか？　オレンジ、シナモン、それともコーヒー？　海斗はどれが好きだろう。

がんばって考えてみたけれど、なにを選べばいいのかわからない。

まだ始まったばかりなのに……。
恋をする勇気が、失敗したスフレのようにしぼんでいくのがわかった。

5

好きな人に言われたくない言葉なんて、ケーキの種類と同じほどある。

あんなにこわがっていた、あのフレーズだけじゃなかったこと、今になって気づくなんて……。

ずっとここにいれば、そのうち海斗《かいと》に新しい彼女だってできる。結婚して、奥さんをもらうかもしれない。

そう思ったら、海斗の顔を見るのがつらくなってきた。真剣に仕事をしている顔も、庭でこっそり甘栗《あまぐり》と遊んでいるときの顔も、嬉しそうにごはんを食べている顔も……。

だから、言い訳をつけては、いっしょに買い物に行かないようにしたり、食堂に海斗が来ると掃除や洗濯を始めて、距離を置いていた。

帰ってきてもいいと言っていた麻矢《まや》の顔が浮かぶたび、自分勝手な理由で辞めるなんてできないと、何度も打ち消した。

それでもやっぱり、海斗のそばにいるだけで、まだ起きてもいない未来のことを思っては胸が苦しくなり、うまく笑えなくなってしまった。

癒《いや》し係のはずが、流《りゅう》に元気がないけど大丈夫かと心配され、哲《てつ》にも無理に時間のかかるケーキを作らなくていいと言われる始末。傍《はた》から見ても、様子がおかしいと気づかれているらしい。

そんな自分を、海斗がどう思っているかはわからない。

まっすぐに、海斗と目を合わせることができなくなってしまったから。

『あっちゃん、ちょっと出てこれるかな』

そろそろ就職したいので、新しいメシスタントを探してほしいと渉《わたる》に頼もう。そう思い始めた頃、渉に電話で呼び出された。

仕事場ではなく、わざわざカフェで話したいというのは、シュガークラウドの仕事とは関係のない、家族の話だからかもしれない。

麻矢が早く家に戻るようにと言っているのなら、便乗《びんじょう》させてもらおうなどと姑息《こそく》なことを考えていたのだけれど……。

「あっちゃんさえよかったら、このままシュガクラのメシスタント……いや、スタッフとして働いてくれないかな」

渉の口からは、意外な言葉が飛び出してきた。

少し前の自分なら、大喜びで引き受けたに違いない。でも今は……。

本音を言うわけにもいかず、ココアの湯気《ゆげ》を見つめながら、彩樹《あき》はどう切り出せばいいのか迷っていた。

「仕事場でもよかったんだけど、あっちゃんにも考えがあるだろうと思ったから……一応ね」

先生たちがいたら断りにくいだろうという渉の配慮に、彩樹は心から感謝した。

「ごめんなさい」

彩樹は渉に頭を下げた。

「やっと姉さんに許してもらえたし、今の仕事は義兄《にい》さんのコネみたいなもんだし……社会に出てどれだけ自分がやれるか試してみたいんだ」

こんなつまらない嘘、つきたくなかった。

変わるなと海斗に言われて嬉しかったのに、どうして心にもないことを口にするんだろう。

「そっか……そうだよな。ごめん。あっちゃんがそこまで考えてたとは、正直知らなかったよ」

渉に謝られ、彩樹は顔を上げた。

「こんどこそ本気で探すよ。新しいメシスタント」

「もしかして、今まで本気で探してなかったんですか？」

彩樹が冗談っぽくつっこむと、渉は決まり悪そうに頭に手をやり、まぁねと言った。

「でも、適当に放置してたわけじゃないんだよ」

「忙しい義兄さんのこと、そんなふうに思ってませんから」

彩樹が笑顔を返したのに、渉はなぜか真剣な顔になる。

「俺、あっちゃんが海先生を救ってくれるんじゃないかって思って、シュガクラの仕事場に送り込んだんだ」

「送り込んだ……？」

「そう、癒し爆弾投下《とうか》ってやつ？」

まじめな話かと思ったら……。

「なんですか、それ」

「あっちゃんは気づいてないと思うけど……」

渉はコーヒーをひと口飲み、つづけた。

「あっちゃんがうちに来てくれたおかげで、家の中の空気がやさしくなって、麻矢と俺……あのとき離婚しなくてすんだんだよ」

「え……？」

たしかにふたりは、自分が同居し始めた頃、家事分担のことで揉《も》めていたけれど……離婚なんて話は聞いていない。

彩樹が驚くのを見て、渉はふっと目を細めた。

「麻矢があっちゃんのこと許した理由、本人から聞いた？」

「社長がイケメンで、キラキラした会社だからって……」

彩樹の言葉に、渉が肩をすくめる。

「……そんなことだと思った」

「違うんですか？」

「あっちゃんのこと追い出したせいで、麻矢もやっと気づいたらしいよ。あっちゃんがふたりのあいだにいてくれたおかげで、夫婦の危機が回避《かいひ》されたってこと」

「そんな……」

彩樹は困ってうつむいた。

「麻矢、言ってたよ。キラキラにもいろんな種類があるのねって……」

「……」

両手でココアのカップを包み、彩樹は苦笑いを浮かべた。

口ではぜんぜん違うことを言いながら、麻矢はちゃんとわかってくれていたらしい。

だったら、納得して家に帰れる。面接を受けに行くこともできる。

だけどそれは、海斗から離れたいがためで……。

「あ、でも……いいんだ。あっちゃんの気持ちわかったから、担当としてはこっちにいてもらうと安心なんだけど、義兄《あに》としては家に戻ってほしいから」

ありがたい渉の言葉が、なぜか心を素通りしていく。

「あっちゃんの代わりになるメシスタントってなると、すぐにってわけにはいかないけど……こんどこそちゃんと探すから、心配しないで」

「はい」

うなずきながら、胸の奥がひんやりと寂しくなっていく。

希望が通ってほっとするはずなのに、心から喜ぶことは、やっぱりできなかった。


仕事場に戻った彩樹は、戸口の前で足を止めた。

「どうしたんだよ。立ち直ったたんじゃなかったのか？」

いつになく深刻そうな流の声。なぜか今入っていってはいけない気がした。

声が近いので、応接コーナーのソファで話しているんだと思う。

「アッキーのおかげで、すっかり復活したと思ってたのに……まだ引きずってたんだな」

「そんなんじゃない」

別れた恋人のことを言っているらしい。

「じゃあ、どうしてだよ」

「そういつもいつも、調子よくネームできるわけないだろ。機械じゃないんだから」

ため息まじりの海斗の声に、彩樹は足元に視線を落とした。

海斗を見ているのがつらくて、調子が悪いなんて、少しも気づいていなかった。

そういえば今日も昨日も、調べたいことがあるから、図書館で仕事をすると言って出ていったまま、夕方まで戻ってこなかった。

夕食のときには楽しそうに、久しぶりに入ったファミレスの新メニューのことで、流や哲と盛り上がっていたから、どうして昼に帰ってこなかったのか訊きもしなかった。

「調子悪いんなら、なんでアッキーのそばで仕事しないんだよ？」

流が訊いたが、海斗は答えない。

海斗をひとりにさせたのは自分。彩樹はきゅっと唇を噛《か》んだ。

「すればいいじゃん」

ふいに哲の声がして、三人揃《そろ》っていたことに気がついた。

「海はさ……恋してなきゃ、書けないんだろ。恋の話」

哲の問いかけに、失恋がきっかけで海斗がスランプになっていたことを思い出す。

「さすが観察魔の哲ちゃん、よく見てるよね」

「建物と甘いものにしか興味ないんじゃないのかよ」

「面白い人間は例外」

「無断で観察するな。てか……おまえら、なんだよ。よけいなお世話なんだよ」

「よけいなお世話のひとつやふたつするよ。当たり前だろ。海斗がネーム上げてくれなきゃ、こっちは仕事できないんだから」

流の冗談めかした言葉は、半分は本当で半分は違う。

流も哲も、ちゃんと海斗のことを見ていて、まだ失恋から立ち直れていないことに気づいていて、自分たちにできることはないのかと海斗に訊いている。

自分勝手な気持ちで、海斗から逃げようとしていたけれど……。

ここにいなきゃいけない。

海斗の心の支えになる相手ができるまでは、癒し係としてそばにいてあげなきゃいけない。

「あ……」

甘栗が身体をすりよせてきたのに気づき、彩樹は急いで抱き上げた。

「ただいま戻りました」

明るい声で仕事場に入り、ソファに座っている海斗に甘栗を渡す。

が、目を合わせられない。

ひとり逃げようとした罪の意識と、それからもうひとつ……。

「いい牛肉が安かったから、今夜のメニュー、勝手にビーフシチューにしちゃいましたけど、いいですか？」

いつもガチャポンを引いてから決めるので、流も哲もちょっと驚いた顔をする。

「みんな好きだし……いいよな？　べつに」

海斗が促《うなが》すと、流と哲は大きくうなずいた。

「それでは今夜は、野菜たっぷりのビーフシチュー、作らせていただきます」

いつになく早口で言って、彩樹は急いで厨房《ちゅうぼう》へ逃げ込んだ。

そばにいようと決めたのに、やっぱり海斗の目を、まっすぐに見ることができなかった。

言葉だけでなく、ちゃんと笑顔を見せたかったけれど……。

『海はさ……恋してなきゃ、書けないいんだろ。恋の話』

そばにいることで、癒し係になれたとしても、自分にできるのはそこまで。本当の意味で海斗を救えるのは、新しい恋。

そう思うと、まだつらい気持ちが先立ってしまい、うまく笑うことができなかった。


翌日の昼過ぎのことだった。

「先生、どうしたんですか⁉」

玄関で海斗がタオルをくれと叫んでいるので、あわてて飛んでいくと、頭から足までずぶ濡れになって立っていた。

「ボートの上だってこと忘れて、便所行こうとして池に落ちた」

「えっ……」

彩樹は目を見開き、渡そうとしたバスタオルを床に落とした。

天気がいいからネームを公園でやると言って出かけたとき、引き止めるべきだった。

自分のそばにいるほうがネームができるなら、そうしてほしいと頼めばよかった。

なのに、ここしばらくの自分の振る舞いを、どう言い訳すればいいか迷っているうちに、海斗は出ていってしまった。

「いくら集中してたからって、ギャグ漫画じゃあるまいし」

流もやってきて、バスタオルを拾って海斗の頭にかぶせた。

「ていうか……ネームノートは⁉」

海斗が手ぶらなのに気づき、流が悲鳴をあげる。

「ボートが傾いたときに、池の中に落としたらしい」

「冗談だろ……」

蒼ざめる流に、海斗は髪を拭《ふ》きながら苦笑いを浮かべた。

「どうせボツになるネームだ」

「どうしてボツになるのさ？　てか、ボツになるようなもん描くなよ」

「いいだろ。すぐに描き直すから、風呂沸《わ》かして……」

言いかけて、海斗が大きなくしゃみをした。

どうせボツになるなどというのは冗談だったらしく、失ったネームを、海斗は一時間ほどで描き直した。

けれど、泳ぐには冷たすぎる池に落ち、濡れた服のまま歩いて帰ってきたのはまずかった。

下絵の途中で、海斗は三十八度近い熱を出し、額《ひたい》に冷却《れいきゃく》シートを貼っての作業となった。

夜明け前、あとは哲と流だけでできる段階に入り、ようやく海斗の手から原稿が離れた。

疲れと熱で朦朧《もうろう》としている海斗に肩を貸し、二階の部屋に連れていく途中、

「どこにも行くな……」

苦しそうに海斗がつぶやいた。

もう終わったと言っていたけれど、やっぱりまだ、別れた彼女のことを忘れられないらしい。

こんな海斗を置いて、自分だけが傷つかない場所へ逃げようとしていた。

いずれ失恋すると思ったら、海斗の新しい恋を、笑顔で応援してあげることができなかった。

でも、決心がついた。

まだ訪れてはいない出来事から逃げるより、海斗を好きだという気持ちのほうを選びたい。

「大丈夫。どこにも行きません……」

今はもういない彼女の代わりに、彩樹は海斗を励《はげ》ました。

けれど、しっかりしなきゃと思うのに、海斗の部屋で付き添いながら、涙が止まらない。

感情を抑《おさ》えるのは得意なはずなのに、素直な気持ちがあとからあとから、胸の奥から溢《あふ》れてくるのを、自分では止めることができなかった。

真夜中過ぎ、ふわりとなにかが頭にふれ、彩樹は顔を起こした。

「痛い目にあってるの俺なのに、なんでおまえが泣いてんだよ」

「あ……」

彩樹はあわてて、手のひらで涙を拭《ぬぐ》った。

「泣いてません。池に落ちるなんて、信じられないって驚いてるだけです」

「へぇ……驚くと涙が出るんだ？」

「いけませんか」

「いや……面白い」

子供にするみたいに、海斗がよしよしと髪をなでた。その仕草がやさしくて、胸がきゅっと痛くなる。

「どんなに仕事が大事でも……もう二度と、危険なことはしないでください」

言いながら、堪《こら》えきれずまた涙が出てきてしまう。

心配して泣いていると思われるなら、かまわない。ファンのひとりだし、メシスタントだし……。

でも、泣くのは今日でおしまいにする。

また同じことをくり返すのは、ほんとに芸がないけれど……。

恋愛未満の片想いには、もうすっかり慣れている。真二《しんじ》や渉に対して、あくまでも親友や家族として接してきたように……。

大好きな漫画家のメシスタントとして、海斗のそばにいよう。

数日後、コミックスの打ち合わせにやってきた渉を玄関でつかまえ、このあいだの話だけれど切り出した。

すぐには無理だと言っていたが、心が決まった以上、早めに断っておかなくてはいけない。

「ごめんごめん」

渉が申し訳なさげに言うのを聞いて、彩樹は胸をなでおろしたが、ほっとしたのも束《つか》の間《ま》、

「新しいメシスタント見つかったのに、なかなか連絡できなくてさ……」

渉の言葉に、頭の中が真っ白になった。

新しいメシスタントは、漫画家志望の二十歳の青年。イタリアンレストランでのバイト経験があるのだという。

「すごくまじめな子らしいし、絵見せてもらったけど線がきれいで、脇キャラ描けるってのがいいんだよなぁ」

渉はかなり気に入っているらしく、彩樹はどうしていいかわからなくなる。

「これでやっと、あっちゃんも念願の会社の面接行けるし、俺の食生活もまた豊かになるって

ことだ」

渉はご機嫌《きげん》で、一件落着と言わんばかり。今さら辞めたくないなんて、言える雰囲気じゃなくなってきた。

渉がつづけてくれと言うのを断って、新しい人を探してほしいと頼んだのは自分。喜んで引き受けた彼の気持ちや、彼を紹介してくれた人の立場とか、そのすべてを無視して、子供みたいに「やっぱりやめた」では通らないだろう。

「杉《すぎ》さん、なんで勝手にそんなこと。俺、アッキーと会えなくなるなんて嫌だよ」

応接コーナーで、突然メシスタント交替の話を聞き、流はソファから立ち上がった。

考えてみれば、最終決定をするのは渉ではなく、雇《やと》い主《ぬし》であるシュガークラウドの先生たちだ。三人が反対してくれれば、辞めずにすむけれど……。

「ちょっと、ふたりともなんとか言いなよ」

黙り込んでいる海斗と哲を、流がキッとにらみつける。

「アッキーのこと手放したら、旅館みたいな朝ごはんも焼きたてのパンも……哲ちゃんがリクエストしてた小難しい名前のスイーツも……そんなの作れるメシスタントなんて、二度と来ないからね」

「大損害だな……」

哲がため息をつくと、海斗がすぐにつっこみを入れる。

「メシスタントに売り物みたいなスイーツ作らせようってのが、間違ってるんだよ。パティシエ雇うわけじゃなし、食い物が出てくれれば十分だろ」

思いがけない言葉に、ショックを隠しきれず、彩樹は声もなくうつむいた。

去っていく彼女のことは、行かないでほしいと引き止めたのに……。

『彩樹なら、家政夫になっても最高ランクになれるさ』

そう……あのときも、海斗は執着《しゅうちゃく》のない様子で言っていた。

「ちょっと待ってよ。いくら作画のアシや料理できたって、大事なのは人間性だろ？　アッキーの代わりになるような……」

「おまえは、アイドルのアッキーに会えなくなるのが寂しいだけだろ」

「最初はそうだったけど、今は違う。可愛いとか料理うまいとか、そんなことだけじゃないって、海斗だってわかって……」

「彩樹の夢、邪魔すんなって言ってんだよ」

彩樹は目を瞠《みは》り、顔を上げた。

海斗は自分のことを思って、手放そうとしてくれていたらしい。

でも……。

どうしても残ってほしいのなら、なりふりかまわず引き止めてくれるはずだ。

「このまま会えなくなるわけじゃなし、気持ちよく送り出してやれよ」

海斗に諭《さと》され、流も哲も黙ってしまった。

彩樹の胸の中も、しんと静まった。

誰のせいでもない。

身勝手なことをした報《むく》いが、自分に戻ってきただけのこと。

海斗に必要とされていないとわかった以上、ここに留《とど》まる理由もない。

「今までのお礼に、最後の夜はリクエストひとつじゃなくて、お好きなものぜんぶ作りますから、なんでもおっしゃってください」

泣きたいのを堪え、彩樹は明るく言った。


残りの日々は瞬《またた》く間に過ぎ去り、最後の夕食に三人がリクエストしたメニューには、思わず泣かされそうになった。

けして豪華な料理でも、難しい名前のケーキでもなく、三人のお気に入りの生姜《しょうが》焼《や》き定食だったのが嬉しくて、そのぶんだけ、別れる寂しさが募《つの》ってしまった。

果てしなく遠いわけじゃないけれど……この街に、こんど来られるのはいつだろう。

井《い》の頭《かしら》線のホームでひとり、電車を待ちながら佇《たたず》んでいると、なにも考えなくても自然に映像が浮かんでくる。

住んでいたのは古びた下宿屋《げしゅくや》。お洒落《しゃれ》なショップには用がなかったが、海斗とはよく、お気に入りのスーパーで買い物をした。

井の頭公園のボートにも乗って、情けなかったり、楽しかったり、どきどきしたり……。

海斗と初めて出会ったのも、好きになったのもこの街だった。

過ごした時間はわずかなのに、なにもかもが名残《なご》り惜《お》しく、胸がいっぱいになる。

駅で送られるのは嫌だから、玄関で別れをすませてしまったが、やっぱり正解だった。

『面白いから、そのままでいろ』

海斗には冗談でも、自分にとっては魔法の言葉。長年抱《かか》えていたコンプレックスを溶かしてくれた。

海斗には恋人やパートナーがいなかったから……片想いでも、恋をすることができた。

引きとめてくれなかったのは寂しいけれど、これでよかったのかもしれない。

今以上に好きになったら、どうしたらいいか自分でもわからない。

「え……?」

吉祥寺始発の急行の扉が開き、電車に乗り込もうとすると、いきなり誰かに腕をつかまれた。

「海先生……」

振り向いた瞬間、息が止まる。

「忘れ物だ」

そのひと言に、期待が落胆にすり替わる。

息を切らして走ってきた様子だったから、引き止めにきてくれたのかと思ってしまった。

「これ……持ってけ」

海斗が差し出したのは、仕事場のガチャポンのカプセル。中に入っているのは、いつものリクエストの紙だった。

「あ……ありがとうございます。先生たちとの思い出に、大切にします」

海斗の顔を見ただけで、ほんとは泣きそうだったのに、こんなものを持ってくるなんて、どういうつもりだろう。

「馬鹿、勝手に思い出にするな。面接のとき、あがりそうになったら開けてみろ。お守りだ」

お守りだなんて、らしくない。ありがたいけれど、応援なんかされたくない。

どこにも行くなと言ってほしかった。

「あ……それから、もうひとつ」

人の気も知らず、海斗はもったいぶるように咳払《せきばら》いをした。

「あのときは……悪かったな」

「……」

もしかして、それは……初対面のときのことを言っているんだろうか。

というより、ガチャポンのお守りを渡しに来たのは口実《こうじつ》で、こっちが本当の忘れ物だったのに違いない。

「あのときって、どれですか？　先生に謝ってもらいたい場面、いっぱいありすぎてわからないです」

彩樹は、わざと茶化《ちゃか》すように言った。

「だったら、ぜんぶまとめて許しとけ」

あくまでも命令形な海斗に、泣きそうになりつつも、なぜだか笑ってしまった。

このまま時間が止まればいい。そう思ったけれど……。

ふいに発車メロディがホームに響き、彩樹は逃げるように電車の中に飛び込んだ。

「がんばれよ」

背中に海斗の声。振り向いて、はいと答えるのと同時に、電車のドアが閉じた。

扉の窓越しに彩樹が小さく頭を下げると、海斗はポケットに手を突っ込んだまま笑顔でうなずいた。

こんなことになるから、駅で送られるのは嫌だったのに……。

扉の脇に寄りかかり、遠ざかる景色を見ながら、彩樹は必死に涙を堪えた。

6

シュガークラウドの仕事場から姉夫婦の家に戻ると、彩樹《あき》は三日も置かず、面接を受けに行くことにした。

心に澱《よど》んだ未練や痛みがきれいに澄みきるのを待っていたら、決心が鈍《にぶ》りそうな気がしたから……。

「どうぞ、社長室へご案内します」

秘書の女性に促《うなが》され、彩樹は待合室の椅子から立ち上がった。

ブリリアントライフ社は、隅田川《すみだがわ》を臨《のぞ》む瀟洒《しょうしゃ》なビルの中にあり、さすがに隅々まで掃除が行き届いていた。

テレビで社長を見たときに、爽《さわ》やかな物腰だけれど、すごくはっきりとものを言う人だと思った。

もちろん初対面。うまく受け答えができるだろうか……。鏡のように磨《みが》かれた廊下を歩きながら、緊張で息苦しくなってくる。

どうしようかと思った瞬間、ポケットに入れた海斗《かいと》のお守りに気がついた。ほかに頼れるものもなく、とりあえず中を見てみることにする。が、焦《あせ》っていたのでうまく開けることができず、社長室に着いてしまった。

「深山《みやま》彩樹くん、ようこそ。簡単な面接だから、緊張する必要はないからね」

社長が穏《おだ》やかな笑顔でリラックスさせようとしてくれたのに、緊張という単語に反応して、よけいに胸がどきどきしてきてしまった。

カプセルの中の紙には、いったいなにが書いてあるんだろう。そう思ったら、海斗の得意な俺サマ顔が浮かんできて、しっかりやれと叱《しか》られた気がした。

するとなぜか、動悸と胸苦しさが治《おさ》まり、気持ちがほぐれてきた。

「君はどうして、家政夫になりたいと思ったのかな？」

「はい、子供の頃に家にいた家政婦さんが……」

つぎつぎと投げかけられる質問に、不思議なほど落ち着いて答えている自分。

どれも心からの言葉だったけれど、話しているうちに、どうして自分がここにいるのかわからなくなってきた。

「最後にもうひとつ、君は我が社のために精一杯働いてくれる気持ちはあるのかな？」

「もちろん、そう思ってここに来ました。でも……」

言いかけて、馬鹿なことをするなと頭の中で理性が止めようとするのがわかった。

従《したが》うべきだと思った。なのに……。

「申し訳ありません。せっかくお時間とっていただきましたが……」

彩樹は深々と頭を下げた。

そして、丁寧《ていねい》に謝罪の言葉を述《の》べると、社長室を出ていった。


いちばんなりたかったのは、家政夫じゃなかった。ほんとはただ、大好きな人のそばで世話を焼いていたかったんだ。

人見知りの自分が、出会ったばかりの人の家にケーキを作りに行くなんて、そんなありえないことをしてしまったのも、自分がしたいと思っていたことを、彼がやっていたからだった。

外に出ると、来たときには雲に覆《おお》われていた空から、明るい光が射《さ》していた。

学校を勝手に辞《や》めたときと同じ、やってしまったと思いながら、不思議なくらい心が晴ればれとしている。

彩樹は小さく深呼吸をし、アーチが美しい水色の橋を、もと来た駅のほうへと歩きだす。

シュガークラウドのメシスタントに戻れるわけでもないのに、憧《あこが》れの会社で働けるチャンスをみすみす手放してしまった。

海斗がくれたカプセルには、あがらないお守りなんかじゃなく、面接を台無しにする呪文《じゅもん》でも入っていたのに違いない。

彩樹は橋の中ほどまで来たところで立ち止まり、カプセルを開けようとした。が、またも妨害《ぼうがい》するように、こんどは携帯電話が鳴りだした。

流《りゅう》からだった。

『アッキー、面接無事に終わった？』

どうして今日だと知っているんだろう。

不思議に思った瞬間、渉《わたる》が昨日、ネームの打ち合わせに行くと言っていたのを思い出した。

「一応……終わったことは終わりました」

『それなら、よかった』

心配してくれていた流に、自分がしでかしたことを今すぐ言うのは控《ひか》えたほうがよさそうだ。

『あ、そうだ。アッキーが辞める前、海斗がずぶ濡れになって帰ってきたことあっただろ？』

「は、はい」

海斗の名前に、彩樹は思わず反応した。

『あれね、池に落ちたのは寝ぼけてたからじゃなく、ボートから落ちた子供助けたからだったんだ』

やっぱり……。

いくら仕事に熱中していても、ボートから落ちるなんて、おかしいと思っていた。

『あんな性格だから、名乗りもせずに帰ったらしいんだけど……海斗のノートが編集部に届いて、そのことがわかったんだ』

「編集部に？　池に落としたノートがどうして……」

『落としたってのも嘘。ボートハウスのゴミ箱に、海斗が捨てたんだよ』

編集部に届けたのは、貸しボートのアルバイトの青年だった。シュガークラウドの大ファンで、ネームのセリフを見て『ハニープラネッツ』の下絵だと気づき、編集部に届けてくれたのだという。

『それがさ……ボツになるって言ってたネーム、すごく面白かったんだ』

だったらなぜ、海斗はノートを捨てたりなんか……。

『ヤンタクじゃ無理だって、杉《すぎ》さんには却下《きゃっか》されたんだけど……ケイゴがじつはカオルを好きだったたって、衝撃の展開になってたんだ』

「……」

彩樹は目を瞠《みは》り、絶句《ぜっく》する。

それはまさに、自分がいつも頭の中で妄想していた願望だった。でも、渉はもちろん、海斗にも話したことはない。

「どうしてそんな……」

『一度くらい、自分好みのラブストーリー書いてみたかったんじゃないの？』

「……」

流の言っている意味が呑《の》み込《こ》めず、彩樹は瞬《まばた》きをするのも忘れ、固まった。

もしかして……という言葉が、頭の中を駆《か》け巡《めぐ》る。三人のうちひとりいるゲイの人。渉が言っていたのは……。

『あ、そうだ。肝心《かんじん》なこと言うの忘れてた。もし帰り道で海斗に会ったら、すぐに戻ってくるように……じゃなくて、連れ戻してきてよ』

「海先生、どうかしたんですか？」

『どうもこうもないよ。修羅場《しゅらば》の真《ま》っ最中《さいちゅう》だってのに、新しいメシスタント勝手に断って、面接ぶち壊《こわ》しに行くって、仕事ほっぽりだして出てっちゃったんだよ』

「えっ……」

彩樹の驚く声に、電話の向こうで流が笑っている。

『食器棚の引き出しから、自分が書いたリクエストの紙がいっぱい出てきたの見て、勘違いに気づいたんでしょ』

出ていくのが悲しくて、すっかり忘れていた。海斗の文字が愛《いと》おしく、捨てられずにしまっておいたこと。

『彩樹の夢壊すな、なんてカッコつけてたけど、ほんとはアッキーに嫌われたって思って……ていうか、のんびり電話とかしてらんないんで。海斗のこと、くれぐれもヨロシク』

一方的に話を終わらせ、流は電話を切ってしまった。

そばにいるのがつらくて遠ざけていたのを、海斗がそんなふうに思っていたなんて……。

携帯電話を耳にあてたまま、彩樹が呆然としていると、

「彩樹っ」

海斗が橋を渡ってくるのが見えた。

「どこにも行くなっ。一歩も動かず、そこで止まってろ」

橋の車道を走る車の音にかき消されないように、大声で叫んでいる。

海斗が走る姿なんて、初めて見た。しかも、着ているのは仕事用のジャージで……。

彩樹のそばまで来ると、海斗は歩調をゆるめ、ゆっくりと近づいてきた。

「なに笑ってんだよ」

相変わらずの海斗に、

「先生、そのカッコで電車乗ってきたんですか……」

彩樹は泣きそうになりながら笑った。

「これは俺の戦闘服だ。悪いか」

彩樹は首を横に振り、海斗を見つめた。

いちばん好きな人が、いちばん好きな格好《かっこう》で迎えに来てくれた。

嬉しい。でも……。

これじゃ、完全にコメディです。

「おまえ、面接は……」

「ダメでした」

「え……?」

海斗は、訊《き》き返《かえ》すように彩樹を見た。

「先生にいただいたお守り、ぜんぜん効きませんでした」

「そっか……」

怒ってみせたのに、ほっとしたようにため息をつく。

「なんで嬉しそうなんですか。あがらないようにって、お守りまでくれたのに……」

「もしかして、中身見てないのか?」

「開けようと思ってたところに、ちょうど先生が……」

彩樹がポケットからカプセルを取り出すと、

「あっ……」

海斗が奪い取り、止める間もなく隅田川に投げ込んでしまった。

「なにするんですか!?」

彩樹は驚いて、手すりに乗り出し川の中を見た。が、もはやなすすべもない。

「必要なくなったから捨てたんだ」

勝手なことを言う海斗に、彩樹は振り向きざまに言った。

「必要かどうかは、僕が決めます。なにが入ってたのか教えて……あっ」

いきなり海斗が抱きしめてきた。

「……戻ってきてくれ。おまえがいないと、ネームができない」

「……」

大好きな人の体温。帰りたかった場所に、海斗が連れ戻してくれた。それだけでもう、胸がいっぱいになってしまう。

でも、泣くのはまだ早い。

わかっていて訊くのは意地悪かもしれないけれど、海斗の口から聞かせてほしい。

「戻ってほしいのは、ネームのためだけ……ですか？」

「……」

返事がないので、顔を見上げると、海斗は困ったように横を向いた。

ケイゴには、平気で歯の浮くようなセリフを吐かせるくせに、自分のこととなると、ほんとにダメダメなんですね……。

でも、仕事を放り出して来てくれて、死ぬほど嬉しかった。

彩樹は目をこすり、海斗を見上げた。

「わかりました。僕もハニプラのファンです。つづきが読めなくなるのは困……ん……」

彩樹が言い終わらないうちに、海斗が唇を重ねてきた。

少し乱暴に抱き寄せられ、彩樹はうっとりと目を閉じる。

海斗のキスは、思いのほかやさしくて……。

流に頼まれていた大切な用を、うっかり忘れてしまうところだった。


お腹をすかせた先生たちの食事を作るため、原稿を放り出してきた海斗といっしょに、身体ひとつで吉祥寺《きちじょうじ》の仕事場に舞い戻ってきたのは昨日の出来事。

気がかりだった新しいメシスタントの人も、渉がほかの人気漫画家に紹介してくれたので、ほっとした。

大きな冷蔵庫とオーブン。お気に入りだった使い勝手のいい厨房《ちゅうぼう》で、大好きな先生たちにまた料理をすることができる。

庭の物干しに三人のジャージを干し、悦《えつ》に入《い》ることも……。

「あ……」

彩樹がエプロンをつけていたら、甘栗《あまぐり》が鳴きながら足元にからみついてきた。

「またお世話になります」

抱き上げて挨拶《あいさつ》をすると、

「俺もお世話になりたい……」

海斗が後ろから甘栗ごと抱きしめてきた。

原稿が終わったらしい。

「お疲れさまでした」

彩樹は、抱かれたまま答えた。

「俺……今日はまだ疲れてないんだ」

耳元に囁《ささや》かれ、ふわりと身体が熱くなる。

流と哲《てつ》はきっと、ソファで死んだように眠っているに違いない。

一昨日《おととい》から寝ていないのだから、もちろん海斗も疲れているはずだけど……。

「よろしく……お願いします」

海斗の誘いに、彩樹は素直に従《したが》った。


片想いじゃない恋は初めてで、まだデートをしたこともなく、初めてのキスをしたのは昨日のことだった。

海斗の部屋に入った瞬間、それに気がついて、急にどうしていいかわからなくなる。

初対面じゃないけれど、これから向きあうのはきっと、自分の知らない海斗に違いない。そう思ったら、人見知りな自分が前面に出てきてしまった。

閉じたブラインドの向こうは、昼下がりの光。戸惑いながら、さくさくとジャージを脱ぎ捨てる海斗を見つめていたら、

「見物《けんぶつ》してないで、参加しろよ」

身《み》も蓋《ふた》もない言葉が返ってきた。

いつもの俺サマな口調に、ふっと肩から力が抜けるのがわかった。

「はい」

彩樹は笑顔でうなずき、シャツのボタンに手をかけた。

が、こんどは胸がどきどきしてきて、指がうまく動いてくれない。

「手間かけさせるなよ」

見かねた海斗が、ひとつずつボタンをはずしてくれる。

前髪に息のかかる距離。意外すぎる海斗の行為に、この間《ま》をどう埋《う》めればいいかわからなくなり、

「あのカプセル……隅田川を下って、海まで流れていったんでしょうか?」

そんなことを口走っていた。

けれど、海斗は答えず、脱がされたシャツが足元に落ちる音だけが聞こえた。

「波に運ばれて、よその国に流れ着いたりしたら……どうします?」

「……」

「あれって……知らない人に読まれても、大丈夫なんですか？」

「……」

海斗はうんざりした顔をして、

「ほんと……面倒くさいやつだな」

彩樹の腰を引き寄せ、どうでもいいことを並べる口を、やさしいキスで黙らせた。


「ん…っ…」

彩樹はきつく目をつぶり、シーツをぎゅっと握りしめた。

キスが唇にするだけじゃないくらい、知っていたのに……。

長い指で、唇で……海斗にふれられるたびに、身体の奥が潤《うる》んでいく。

素肌に感じる体温や肌触り。自分とは違う、引き締まった筋肉の感触。

そして、男っぽい匂いも……。

身体を重ねるということが、相手のすべてを受けとめる行為なんだと気づき、彩樹はまた不安になってきた。

自分は海斗の顔も身体も匂いも好きだけれど……海斗はどうだろう。今、自分を抱きながら、

なにを考えているんだろう。

「いじめてんじゃないんだから、力抜けよ」

海斗の声に目を開けたら、困ったような笑顔で見下ろしていた。

その表情に、彩樹は心からほっとし、

「はい……」

海斗の目を見つめ、小さく吐息を漏《も》らした。

どんなに海斗に経験があっても、抱きあうのは初めて同士。お互いをもっと知りあうためにここにいる。どう思われるかなんて、考える必要はなかったんだ。

「あっ……ん……」

すべてを委《ゆだ》ねるだけで、こんなにも身体が感じやすくなるなんて……。

ふだんの言葉とは裏腹な、どこまでもやさしい愛撫《あいぶ》にときほぐされ、気がつけば自然に身体を開いていた。

「先生…っ…」

海斗の昂《たかぶ》りを迎え入れると、なにも知らないまっさらな身体が、ゆっくりと海斗の色に染《そ》まっていくのがわかった。

痛みも込みで、それは気が遠くなりそうなくらい心地よく、自分の中に海斗がいることが、信じられないくらい嬉しかった。

「せんせ……海先生……」

好きだとか愛してるとか、そんな言葉は消《き》え失《う》せ、世界にこの言葉しかないように、彩樹は海斗の名前を呼びつづけた。


結局、カプセルの中身がなんだったのか、海斗は教えてくれなかった。

でも、そんなことはもう、どうでもよくなっていた。

面倒かけさせるなと言っていたのに、不慣れな自分を、海斗はこれでもかというほどやさしく愛してくれた。

心地よい疲労感といっしょに、身体の中にはまだ海斗の熱が残っている。

このまま余韻《よいん》に浸《ひた》っていたいけれど、先生たちが目覚める前に、夕飯の支度をしなくてはいけない。

彩樹は静かに半身を起こし、疲れきって眠る海斗の髪をそっとなでた。

「生姜《しょうが》焼き定食……」

ふいに海斗がつぶやき、寝言かと思って顔を覗き込んだら、手を握ってきた。

一応、起きているらしい。

昨日はやり慣れないマラソンもしたし、徹夜仕事に……ほかにも、体力使っちゃいましたもんね。

海斗の手を握り返しながら、思わず笑ってしまう。

「それ、何日か前に食べたばっかりですよ?」

「……」

返事がないので、いいことにする。

流も哲も好きだし、盛りつけや付け合わせで変化をつければ文句は出ないだろう。

「わかりました。今夜は、ガチャポンはナシってことで……」

言いかけて、彩樹は気がついた。

もしかして、海斗がカプセルの中に入れたのは……。

まさかね。いや、ありうる。ていうか、それしかない気がしてきた。

心の中で答えをつぶやくと、可笑《おか》しさと愛おしさが同時にこみあげてくる。

川に投げ捨てられたのは、読めばその場で海斗のもとに帰りたくなる呪文。そう、みんなが大好きな……。

必要なくなったからじゃなく、急に照れくさくなって捨てたのに違いない。

先生はいつも僕のこと、面倒なやつだと言うけれど、人のこと言えないじゃないですか。

彩樹は笑いを堪《こら》えながら、手を握ったまま寝たふりをしている海斗の顔を見つめた。

でも、これからもずっと、変わらずにいてほしいから……。

「とびきりおいしいの、作らせていただきます」

と言いつつ、あと五分。

彩樹はもう一度、温かな恋人の胸にもぐり込んだ。

三日月サマー

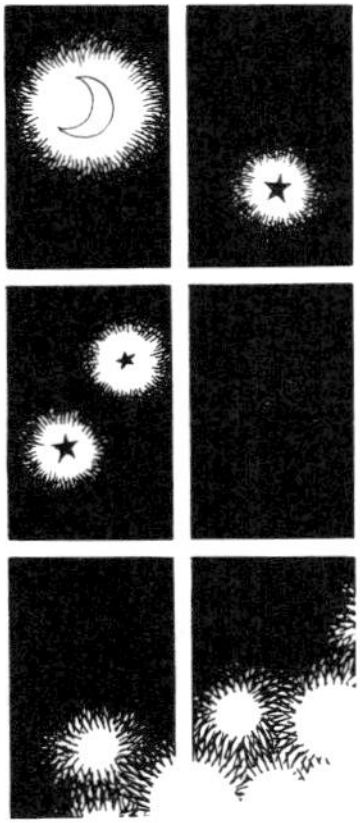

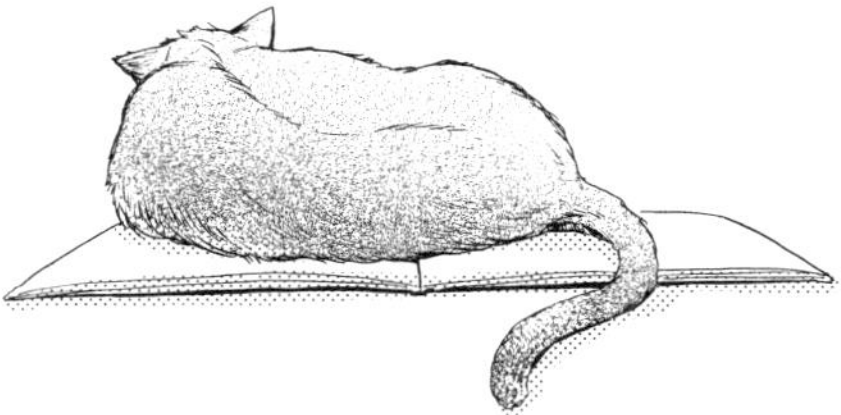

昼ごはんの支度をしながら、鉛筆を走らせる乾いた音に耳を澄ませる。

隣りあった厨房《ちゅうぼう》と食堂。言葉を交わすわけでもなく、つかず離れず、それぞれの仕事をしている時間が、もしかするといちばん好きかもしれない。

ここで暮らし始めたのは春、井《い》の頭《かしら》公園の桜が散り始めた頃だった。

気がつけば、臨時のメシスタントだったのが専属の家政夫として働くようになり……先生方のリクエストにも、夏らしいメニューが増えてきた。

居心地のいい古びた下宿屋、ボート池のある公園、お気に入りのスーパーマーケット。まだ数ヵ月しか経《た》っていないのに、この街にずっと昔から住んでいるように感じる。

でもそれは、この人がいたからだと思う。

玉葱《たまねぎ》を丁寧に炒《いた》めながら、彩樹《あき》はちらりと、テーブルでネームを描いている海斗《かいと》の顔を見た。

料理の音をBGMに仕事をすると、なぜかいいアイディアが浮かぶのだという。

ささやかだけれど、こんなふうに誰かに頼られていることが、今の自分の幸せ。あれが食べたいこれが食べたいと、三人の食いしん坊からリクエストを出してもらえるのも、おいしそうにたくさん食べてくれるのも。

先生方はメインをリクエストするだけだから、サイドメニューは、それに見あったものを出すことにしている。ちなみに、本日のお昼は海斗がリクエストしたシーフードピラフなので、胡瓜《きゅうり》とササミのレモン醤油和《じょうゆあ》えと、豆腐《とうふ》とオクラのピリ辛《から》スープを出す予定。

オーブンの中では、哲《てつ》に頼まれた三時のケーキがココアの香りを漂《ただよ》わせている。

海斗が鉛筆を置き、大きく伸びをするのに気づき、

「先生、お茶いれましょうか？」

彩樹は厨房から静かに声をかけた。

ちょうどいいタイミングを計るのも仕事のうち。海斗がうなずくのを見て、彩樹はふっと微笑《ほほえ》んだ。けれど、笑い返してくれるというキャラじゃない海斗は、なにか困ったような顔でノートに目を落とす。

がんばってくださいね。彩樹は心の中でエールを送った。

どこからか、涼しげな風鈴《ふうりん》の音色が流れてくる。静かな住宅街の、午前十時。

誰かのためにお茶をいれるという行為は、ただ喉《のど》を潤《うるお》すだけじゃない。そのことを、ここに来て初めて知った。たとえるならば、海斗の作るセリフの、わざと言葉を書き落とした部分によく似ている。見えないけれど、とても大切な余白。

だからこそ、丁寧にいれて差し出したいと思う。

テーブルの上では甘栗《あまぐり》が、海斗の描いたネームを覗《のぞ》き込《こ》んでいる。猫が苦手だった人と、人見知りな猫。うまくいっているのは、お互いにほどよい距離を保《たも》っているからかもしれない。

甘栗は、ふいにどこかに行ってしまうことがあるけれど、帰ってくるとかならず海斗のそばに行く。べたべた甘えたりはしないが、甘栗が海斗を大好きなことはみんなが知っている。

誰もいない縁側《えんがわ》や庭先で、こっそり甘栗と遊んでいる海斗を見かけると、邪魔をしないように通り過ぎるのが暗黙のルール。堂々と可愛がればいいのに素直じゃないと、流《りゅう》はいつも言うけれど……海斗のそういうところ、好きだなぁと思う。

それなのに、自分のこととなると少々事情が違ってしまう。

そう……最近、ちょっと気になることがある。

好きな人と同居してはいるけれど、ここは仕事場でもありスタッフの住居でもあって……。

「あ……」

ケトル型のキッチンタイマーが鳴り、彩樹ははっと我に返った。

大きな口のワニのミトン、ペアのクマのソルト&ペッパー。冷蔵庫に貼りついているのは、フルーツを模《かたど》ったマグネット。ここへ来た頃にはなかった洒落《しゃれ》たキッチングッズは、どれもセンスのいい流が買ってきてくれたものだ。

ワニのミトンをはめてオーブンを開けると、しっとりふんわりなジェノワーズショコラが焼き上がっていた。

「いい感じ……？」

嬉しくて、思わずケーキに話しかけてしまう。

オーブンシートごと型から取り出し、熱をとるためにケーキクーラーにのせていたら、背後から聞き慣れたシャッター音がした。

振り向くと、哲が愛用の一眼《いちがん》レフカメラでケーキを連写している。

「おお、見目麗《みめうるわ》しき焼き色。そして、家じゅうに漂う甘い香り。これだけは、市販のスイーツじゃ味わえないからなぁ」

彩樹は冗談っぽく、「毎度ありがとうございます」と頭を下げた。

哲は口数が少なく、問いかけられてもワンフレーズで返すことが多いのだけれど……。

「ところで深山《みやま》くん、シュガクラのメシスタントが作ったスイーツがすごいって、読者がツイッターで広めたらしくて、ブログのアクセス数がどんどん増えてるんだよね。漫画とは関係なく、食べるのも作るのも好きってスイーツ男子からのコメントが多くて、おいしい店やレシピの情報交換もできるし……ほんとに感謝してるよ」

スイーツの話を始めると、こんなふうに別人になってしまう。

哲のブログの名前は、そのまんま『藤木哲《ふじきてつ》のスイーツブログ』。プロフィールには漫画家とあるだけで、仕事にまつわる話は一切《いっさい》なし。コミックスやイラスト集が出ても告知もせず、ひたすらお気に入りのスイーツの写真を載せ、感想を書き綴《かつづ》っている。

初めてブログを見たとき、真っ先に写真の美しさに目を奪《うば》われたのだけれど、もっと驚いたのは、添えられた感想が、哲が書いたとは思えないほど饒舌《じょうぜつ》なことだった。

一度見た建物を空《そら》で描ける観察力の持ち主なので、形や色、味や食感などをこと細かに描写できるのはともかく、文章から滲《にじ》み出《で》てくるスイーツに対する愛情がハンパじゃない。

漫画の読者もスイーツ男子も、哲がものすごくテンションの高い、おしゃべりな人だと思っているのに違いない。

「ちなみに深山くん、ケーキってのは……その、俺みたいな素人《しろうと》にも焼けるものなのかな」

おずおずと訊《たず》ねる哲に、彩樹はふっと目を細めた。

食べたりブログで紹介したりするだけでは飽きたらず、自《みず》ら作ってみたくなったらしい。

「もちろんできますよ。コツさえわかれば、誰にでも」

「ほ、ほんとに⁉　それじゃあ、今日から深山くんのこと、先生って呼ばせてもらうよ」

「えっ……」

先生に先生と呼ばれたら、ややこしい……じゃなくて。

「僕はプロじゃないんで、先生っていうのは勘弁してください」

きっぱりとお断りすると、哲は叱られた子供のようにしゅんとなってしまった。

「いえ、あの……先生は困りますけど、お教えするのはちっともかまいませんから」

笑いを堪《こら》えつつ、彩樹は言葉を補足した。

「いいんだ？　よかった。ありがとうっ」

「えっ……」

いきなり哲に抱きしめられ、彩樹は驚いて目をぱちぱちとさせた。

珍しい。哲先生がハグしてくるなんて……。

流にされるのは慣れていたが、哲とは初めてだったので、思わずどきどきしてしまった。

中身はともかく、外見はかなりカッコいいので……つい。

「いよいよ俺も、ほんとの意味でのスイーツ男子になれるってことだな」

抱きついたのは嬉しかったからで、哲の関心はあくまでもスイーツ。

なので、なんの心配もないのだけれど……。

「哲先生なら、すぐに上達しますよ」

笑顔を返しながら、彩樹はちらりと食堂のほうを見た。

こんなに近くで騒いでいるのに、海斗はまったく気づいていないらしい。ノートに目をやったまま、真剣な顔でネームを描いている。

ほっとしたのは、仕事の邪魔になっていなかったことよりも、哲にハグされ、少なからずどきどきしてしまった自分を見られずにすんだこと。

でも同時に、それとは裏腹な感情がもやもやと胸に渦巻《うずま》いている。

「ああ……なんていい匂いなんだぁ」

またも後ろから抱きしめられたが、こんどはもう驚かない。

彩樹は大きくため息をつき、

「流先生……カラー原稿のお仕事、大丈夫なんですか？」

いつもならすぐに手をほどくのだけれど、今日はなんとなくそのままにした。

「過酷なこの仕事には、ヒーリングが必要なんだよう。ああ、癒《いや》される。芳《かぐわ》しきアッキーのかほり……」

「僕のじゃなく、ケーキの香りですから」

少し怒ったような声になったのは、流に対してではないかもしれない。

「さっそくですけど、深山先生。このケーキ、俺がデコレーションしてもよいですか？」

「え、先生ってなに？　どういうこと？」

哲の言葉を聞いて、流が抱きしめていた手をほどく。

「今日から深山くん……いや、深山先生の弟子になったんだ」

「ですから、僕は先生じゃなくて……」

「なにそれっ。アッキーの料理教室だったら俺も入門するっ。流くん、それ違うでしょとか、怒られながらケーキに生クリーム塗《ぬ》ったりしてみたい～」

哲も流も、人の話なんて聞いちゃいない。

彩樹は両手を腰に置き、ふたりのあいだに割って入った。

「ケーキはしっかり冷まさないとクリーム塗れないんで、今日は僕が仕上げますから、先生方はお仕事に戻ってください。夕方、杉浦《すぎうら》さんが原稿取りにみえるんですから」

彩樹にたしなめられ、ふたりははっと顔を見あわせた。

ちゃんとお仕事してください。一日に何度、この言葉を口にするだろう。

いつの間にか、三人のスケジュールも管理することになり、家政夫兼マネージャー的な仕事も任されるようになっていた。

真剣に原稿に向かう姿はカッコいいのに、ふだんは手のかかる子供みたいな先生たち。でも、世話を焼くのが好きな自分には、この上もなくやりがいのある楽しい職場。そのうちのひとりは恋人で、これ以上を望むなんて罰《ばち》が当たる。

そう思ってはいるものの……。

彩樹はもう一度、海斗のほうを見た。

片想いだった頃ならともかく、今は恋人同士。なのに、流が抱きつこうが哲が厨房でそばに張りついていようが……ましてやさっきは、哲にまでハグされたというのに、海斗はまったく無関心のようだ。

集中力があるのは、作家としてはいいことだけれど……。

恋人としては、どうなんだろう？

『ハニープラネッツ』のケイゴが、モテモテのプレイボーイなのに嫉妬深いという設定だから、きっと海斗もと期待していたのに、ケイゴとは真逆のリアクション。肩透《かたす》かしを喰らったというか、がっかりというか……。

正直、ちょっと寂しい。

「彩樹、お茶」

顔も上げず、ネームを描きながら海斗が言った。

「は、はい。すみませんっ」

流と哲がやってきて、いちばん大切なことを忘れてしまっていた。

あわてて謝る彩樹を見て、流が「偉そ～」と眉を寄せ、哲も「俺の先生に向かって」と腕組みをする。

「おまえら、さっさとしないと杉さん来るぞ」

やっとこっちを見たかと思ったら、そんなセリフ？　気になること、原稿のほかにはないんですか？　と、あくまでも心の中で訴える。

この状況で、思ったままを口にするのは業務上やってはいけない……というより、海斗に引かれそうな気がする。

「遅くなってすみません」

哲と流を仕事場に追いやると、彩樹は急いでお茶を運んでいく。

ベストなタイミングで、ゆったりした気分で出したかったのに……。

「サンキュ」

海斗はとくに気にするふうもなく、ひと口お茶を啜《すす》ると、ふうっと息をつき、すぐに仕事に戻ってしまった。

いつの間にか眠っていた甘栗が、ノートの半分を占拠《せんきょ》していたが、海斗はそのままネームを描きつづけている。そういう大らかなところが大好きだし、尊敬もしている。

ふたりきりのときには、口は悪いけどやさしくて、ときどきふいに甘えてきたり、スタッフといるときとは違う顔を見せてくれたりもする。

希望の仕事、初めての恋人。欲しかったものを、海斗がすべて与えてくれた。

やきもちを焼いてもらえないのが寂しいなんて、やっぱり贅沢《ぜいたく》な悩みなんだろうか……。


恋人が目の前でほかの男性にハグされているのに、どうして平気なんですか?

ガチャマシンのリクエストみたいに気軽なノリで、希望を書いて渡せればいいのに……。

本人に訊くのがいちばん簡単だけど、それだとまるで、やきもち焼いていただけますかと強要するみたいだし、週単位で修羅場《しゅらば》が巡《めぐ》ってくる過酷《かこく》な仕事をしている海斗を、こんなくだらないことで煩《わずら》わせるなんて、やっぱりできない。

などと……へコんだり反省したりしていたら、それどころじゃないことが起きてしまった。

「ハニプラ、終わっちゃうんですか⁉」

海斗が突然、最終回どうするかな……とつぶやくのを聞いて、彩樹は驚き、運んできたアイスコーヒーをトレイからすべり落としかけた。

が、よく聞いてみると、連載の打ち切りが決まったわけではなく、『ハニープラネッツ』の仕事の傍《かたわ》ら、海斗がひそかに練っていた新作の構想が、これはイケると、一発で渉《わたる》にGOサインをもらえたということだった。

新作は嬉しいけれど、ハニプラが読めなくなるなんて……。

「なんだよ。新しい漫画見たくないのか?」

がっかりしている彩樹に、海斗はソファにふんぞり返ったまま、腑《ふ》に落ちない顔をする。

「もちろん、読みたいです。でも……」

いつかは終わるとわかっていても、今すぐじゃないと思っていた。いきなり切り出され、自分でも驚くほど動揺している。

「そしたらもう、ケイゴやカオルに会えなくなっちゃうじゃないですか」

訴《うった》えながら、思わず泣き声になったのに、

「コミックスがあるんだから、いつでも会えるだろ」

「……」

浮かんできそうになった涙が、ぴたっと引っ込んでしまった。

本気で言っているんだろうか？　だとしたら、ちょっと冷たいんじゃないかと思う。

「先生は、ずっとつきあってきたキャラクターと別れるのは寂《さみ》しくないんですか？」

「つぎの話のキャラが、頭の中に住み始めてるからな」

「……」

責めるようなことを言ってしまったけれど、ワクワクしている海斗の表情を見ていたら、気持ちが少し変わってきた。

丁寧に描いたネームを、気に入らないからとシュレッダーにかけてしまう潔《いさぎよ》さを見ていれば、海斗がものごとに執着しない人ということはよくわかる。かといって、自作に対する愛がないわけじゃない。どんなに想いを込めて描いていたかは、一ファンのときから知っている。

海斗はもう、新しい物語の登場人物を愛し始めているのかもしれない。

「終わりにするってことは……ケイゴは当然、誰かと結ばれるってことですよね」

納得したものの、ファンの立場としては、連載が終わる以上に気になることだった。

「一話からずっとパートナー探しつづけてたケイゴが、誰ともくっつかずに終わるってのはやっぱりないだろう」

「今まで登場したマドンナの中から、ひとりを選ぶんですか？」

「それは難しいから、新キャラだな」

海斗自身も、最終話のストーリーはまだ考えていないらしい。

とりあえず、今すぐに終わりになるわけではなさそうだ。

彩樹がほっと息をついていたら、

「なになに、ふたりでいったいなんの相談？」

甘栗を肩にのせた流が、珍しく寝癖で跳ねた髪のまま、二階から降りてきた。

「ハニプラの最終回、マドンナをどうするかなって……さ」

「へぇ……やっと終わらせる気になったんだな」

もうじゃなく、やっと？　流がまったく驚いていないことに、彩樹は目を見開いた。

「流先生、予想してらしたんですか？」

「ちょっと前から、そろそろかなって思ってた」

流が彩樹の隣に座ると、甘栗は流の肩から飛び降り、海斗の足下《あしもと》に駆け寄った。

「えっ、もう終わり⁉　早すぎやしないか？」

流につづいてやってきた哲が、あまり見せたことのない、ショックを受けたような顔をする。

十七巻にも及ぶ連載だから、早すぎるというのはどうかと思ったけれど……哲もやっぱり、まだ連載をつづけたいと思っていたらしい。

これで二対二。味方がいたことに安心した……と思ったのも束《つか》の間《ま》。

「やっと基本のスポンジケーキが焼けるようになったのに、出ていかれちゃ困るんだよな。シフォンケーキもパイもまだ教わってないし……」

「は……?」

きょとんとしている彩樹を見て、流が「なに言ってんの、哲ちゃん」と肩をすくめた。

「アッキーと海斗が終わりなんじゃなくて、ハニプラの連載がだよ」

「なんだ……そうか。よかったよかった」

安堵のため息をつく哲に、彩樹はふっと肩を落とす。

先生方はあっさりしたもの。海斗と同様に、長いつきあいのキャラクターたちにも、読者ほどには入れ込んでいないらしい。毎回、あれほどの情熱を漫画に注《そそ》ぎ込《こ》んでいるからこそ、逆に未練がないのかもしれないけれど……。

「まだ登場してないマドンナだったら、アイドルだろ? TMLのライブ見たあとアイドルも悪くないって言ってたのに、まだ描いてないじゃん」

流は嬉々《きき》として、自分の好みのマドンナをリクエストした。

「最後が小娘ってのはどうだろう。すごく色っぽい、ケイゴよりずっと年上のパティシエとかのほうがいいんじゃないか」

哲は建造物とスイーツにしか興味がないと思っていたのに、まさかの熟女好き?

彩樹が驚いていると、

「五巻の三話で、エロいショコラティエ出してるし」

流が速攻で却下する。

「アイドルだって、十二巻の四話に出てきたコスプレ娘と似たようなもんだろ」

自分好みの女性を最後のマドンナにしようとしている流と哲に、海斗は呆れ顔になった。

「おまえら……自分の趣味で言ってるだけだろ。読者がいちばん納得するマドンナ考えろよ」

「そういえば……海斗の好みのタイプのマドンナが出てないよな」

「たしかに」

そう言って、流と哲が、海斗ではなく彩樹の顔をまじまじと見る。

僕？　それはないです。彩樹はあわてて首を横に振った。

「ていうかさ、カオルってアッキーに似てない？　雰囲気もだけど性格が」

「言われてみれば……」

ふたりにさらに見つめられ、彩樹は「お茶いれますね」と逃げようとした。

カオルに感情移入して読んでいるけれど、自分と似ているなんて思ったことはない。

かぶっているとしたら、料理が得意なところくらいで……。

「言っとくけど、彩樹のことモデルにしたわけじゃないからな」

「当たり前じゃん。アッキーに出会う前から描いてるんだから。てか、海斗もやっぱ似てるって思ってんだ？」

「見た目だけだろ。カオルは、こいつみたいに面倒な性格じゃないし」

「……！」

お茶は中止。海斗の失礼発言にむっとし、彩樹は立ち上がるのをやめた。

自分では似ていないと思っていても、海斗が大切に描いてきた登場人物に似ていると言われ、本音はちょっと嬉しかったのに……。

「それにしても、海斗の好みのマドンナが登場しなかった理由、今頃になって気づくなんて不覚だったなぁ……」

「海斗がゲイだってこと、忘れてたとか？」

哲に言われ、流は我に返ったような顔になる。

「あ、そっか……そうだった。アッキーって男の子だったんだよね」

「……」

彩樹が呆気《あっけ》にとられていると、流がぷっと吹き出した。

「信じたんだ？　そんなわけないっしょ」

「ないない」

流も哲もふざけてばかり。海斗はといえば……自分から話を振ったのに、人ごとみたいに甘栗を膝《ひざ》にのせて目を閉じている。

最終回のマドンナをどうするかがテーマだったのに……。

話題をもとに戻そうと、やっぱりアイスティーでも出そうと思ったら、

「お待たせしましたぁ。今日はまた暑いっすね。あっちゃん、悪いけどなにか冷たいもの飲ませてくれる？」

額《ひたい》の汗を拭《ふ》きながら、タイミングよく渉が打ち合わせにやってきた。


「杉さんならどうします？　奥さんみたいな女性とか？」

流がからかうと、渉はきっぱりと「それはありません」と否定した。

麻矢《まや》は美人だし、ツンデレな性格が可愛《かわい》いときもあるけれど、ケイゴとは合わないと思う。

あの人といちばん似合うのは、やっぱり義兄《にい》さんだと思います。

こっそり笑いながら、彩樹は昨日焼いた生姜《しょうが》のクッキーとアイスティーをテーブルに並べた。

「とにかく……ラストに関しては、職業とかルックスとか年齢とか、そういうのが重要なんじゃないことだけはたしかだな。ケイゴを幸せにできる相手じゃないと」

さすが義兄さん、長年つきあった担当編集者だけあって、いいことを言ってくれる。

カオル以外の誰かというのは本意じゃないけれど……渉ならきっと、納得できるマドンナを考えてくれるに違いない。

あとは渉に任せ、彩樹は自分の仕事に戻ることにした。

が、皿に盛ったクッキーがきれいになくなり、グラスに残ったアイスティーの氷が解《と》けてしまっても、マドンナ候補の女性像は出てこないようだった。

「そうだ。愛読者代表で、あっちゃんの意見も訊《き》いてみよう」

飲み物を取り替えようとする彩樹に、いきなり渉が話を振ってきた。

「えっ……ぼ、僕が読者代表……ですか？」

案を出すのはいいけれど、ものすごく偏《かたよ》った意見になってしまってもいいんだろうか。

「意見っていうと、ウケるもの考えなきゃって思うだろうから、むしろ思ったまま、あっちゃんの希望を言ってもらったほうがいいかもな」

希望という言葉に、ふいに心が動いた。

あのネームはまだ生きている。ダメもとで、思い切って渉に言ってみようか？

「ちょっと待ってくださいね」

彩樹は仕事場の棚から、件《くだん》のネームを取り出してきた。

「これ……あのときの？」

見た瞬間に却下されるのを覚悟していたが、意外なことに渉は、一度はボツにしたネームに目を通し始めた。

ソファの脇《わき》に立ったまま、彩樹はノートを繰《く》る渉の指を見つめた。

もしかしたら……という思いが湧《わ》いてきて、胸がどきどきしてくる。

夢が叶うかもしれない。漫画だけど、自分の中ではもうただの物語じゃなくなっている。

お願いします。お願いします。

心の中で祈りながら、彩樹は渉の答えを待った。

しばらくすると、渉はう～んと呻《うめ》き、ゆっくりと顔を上げた。

「やっぱり……ダメですか?」

彩樹がおずおずと訊ねると、

「最後の最後だって思って読むと、これでもいいような気もするし……やっぱ無理って気もするし……」

渉は迷っているらしい。

イエスでもノーでもないということは、まだ可能性が残っているということで……。

「ラストがカオルとってなったとしても、カオルはずっと健気《けなげ》にケイゴに尽くしてて、尊敬するケイゴを憧《あこが》れの目で見てたわけだし、女性とデートに出かけるのをため息まじりで見送っていたのも……またふられるのにって、心配してるように描いてるけど、じつは切ない想いを隠してるって読み直しても、まったく矛盾《むじゅん》はないですよね?」

言いたかったことを伝えてくれる流に、彩樹はこくこくとうなずいた。

「ありじゃないすか?」

哲も賛同してくれたが、渉はネームを手にまだ考え込んでいる。

可能性はゼロじゃない。祈りながら、胸のどきどきが止まらない。

「こうなると、カオルが男だってことが問題じゃないんですよね」

「え……?」

渉の意外な答えに、彩樹は目を見開いた。

カオルが同性だというのがネックでボツになったことがあるのに、なんだか嬉しい展開になってきた。

「今までいろんな女性とつきあってきたのに、最終的にはサポート役として尽くしてくれる健気なキャラってのは、女性ファンに引かれそうな気がするんだよなぁ……」

けれど、渉の口からは彩樹をがっかりさせる言葉が出てきた。

『ハニープラネッツ』は、青年誌では珍しく女性ファンが半数を占《し》めている。しかもキャリア層の女性に圧倒的に支持されている。

流の今風でオシャレな絵柄が人気を集めているのと同時に、自由奔放《ほんぽう》に振る舞い、ケイゴを翻弄《ほんろう》するような女性が多く登場し、それが読んでいて痛快なのだという。男性ファンも同様に、小悪魔だったりセクシーだったりする女性にいたぶられる快感を、ケイゴといっしょに楽しんでいるのだと、渉から聞いたことがある。

自分のような読み方をしている読者は少数派だとしても、好きなように楽しむのが漫画なんだからと、他人の評価など気にしたことはなかったけれど……。

「俺的にはありだし……とりあえず、編集長に見せてみるかな……」

渉の気持ちが揺れているのを見て、また少し希望が湧いてくる。

「見せるのはけっこうですけど、編集長がＯＫ出してもこの話は載せませんから」

「え……？」

一瞬、誰が言ったのかわからなかった。

冗談ですよね？　彩樹は訊き返すように海斗を見つめた。

誰が反対しても、海斗だけは賛成してくれると思っていたのに……。

「どうしてだよ。描きたかったから描いたんじゃないのか？」

流が速攻で反論したが、

「あのときはなんでか、そんな気分だったんだよ」

海斗は立ち上がり、自分の机のほうへ行ってしまった。

渉がダメ出しをするならともかく、海斗自身が反対するなんて予想外のことだった。

ボツネームだけどシュレッダーにかけたり捨てたりしないでほしいと言ったら、ノートを並べた棚に置いたままにしてくれた。

でもそれは、自分がどうしてもと頼み込んだからで……。

一度はボートハウスのゴミ箱に捨てたくらいだから、海斗にしてみれば、ほんとは納得のいかない話だったのかもしれない。

だとしたら、これ以上なにも言うことはできない。彩樹は黙って、足下に視線を落とした。

お蔵入《くらい》りになったネームなんか、持ち出したりしなきゃよかった。

カオルに似ていると言われ、戸惑いながらも内心ちょっと喜んでいた。

だから、あのネームが使われないことよりも、海斗がどうでもいいと言わんばかりに断ってしまったことのほうがショックだった。

海斗はカオルを、ケイゴのパートナーとして選ばなかった。

これでもう、カオルの恋が実《みの》ることはない。

そう思ったら……まるで自分が、海斗にふられてしまったみたいで悲しかった。

青空に、メレンゲのような白い雲。濃い緑の下では、木漏《こも》れ陽《び》が楽しげに躍《おど》っている。

大好きな井《い》の頭《かしら》公園を通り抜け、いつものようにお気に入りのスーパーへと向かうと、少しずつ足取りが軽くなってきた気がする。

カラフルな果物を眺めながら、彩樹《あき》はふっと小さく息をつく。

海斗《かいと》にふられたわけでもないのに、失恋気分になってしまったのは、カオルに感情移入しすぎていたからかもしれない。

考えてみれば、漫画の中でカオルとケイゴが結ばれたからといって、海斗がやきもちを焼いてくれないもやもやが解決するわけじゃないし……。

なにより、ラストシーンは読者がどう思おうと、作者が決めるもの。海斗がどんなマドンナを選ぶのか、雑誌が出るまでのお楽しみにしよう。

「そうしよう。それがいい」

彩樹は自分を勇気づけるように声に出し、大きなスイカの前で足を止めた。

元気の出るビタミンカラーの柑橘類《かんきつ》も、色鮮《あざ》やかなトロピカルフルーツも捨てがたいが、夏といえばやっぱりスイカ。これしかない。

「でもなぁ……」

サイズも値段もビッグなスイカを前に、どうしたものかと悩んでしまう。

カットされたスイカもあるけれど、お手軽なぶん鮮度《せんど》が落ちるし、せっかく大きな業務用の冷蔵庫があるのだから、できれば丸ごとお連れしたい。

かといって、ひとりで持ち帰るには重そうだし、予算オーバーしそうだし、スイカを切って出すだけだと哲《てつ》ががっかりするかもしれない。

などと迷っていると、買い物がはかどらないので、とりあえず果物のコーナーから離れ、先に野菜を見ることにした。

「あの値段だと、やっぱ迷うよね？」

「え……？」

スイカの前で苦悩しているのを、見られていたらしい。笑いながら声をかけてきたのは、ここでよく会う専業主夫の五月《さつき》だった。

端午《たんご》の節句《せっく》生まれなので、そう名づけられたのだそうだが、親にとっても自分にとっても皮肉な名前になってしまったのだと教えてくれた。

歳は二十五。あけっぴろげな性格の五月は、初対面の彩樹になんのてらいもなく、自分は主夫で男性と結婚していると自己紹介をし、彩樹を驚かせた。

けれど、海斗といっしょにいるところを目撃されていたこともあり、あるがままの五月の前で、隠すほうが不自然に思え、恋人になったと打ち明けてしまった。

「会えてよかったぁ……これ、ベルギーのお土産《みやげ》」

五月はほっとしたように、お洒落《しゃれ》な紙袋を彩樹に差し出した。

「夏でチョコは持って帰れなくて……レトロな缶が可愛いワッフルクッキー。向こうで食べたら、すっごくおいしかったから」

「僕に？　ありがとうございます」

「こちらこそ。いつも献立《こんだて》のアドバイスしてもらってるから、ほんの感謝の気持ち」

しばらく姿を見ないので心配していたのだけれど、彼氏が海外出張で二週間ほどブリュッセルに行くことになり、五月も同行したのだそうだ。

「おふたりで海外なんて……いいですね」

うらやましそうな彩樹に、なぜか五月は眉をひそめた。

「たまには料理とか掃除とかサボって、ひとりで好き勝手に過ごすはずだったのに、どうしてもいっしょに来いって言うから、仕方なくついてったんだよ」

仕方なく？　旅先ならば、料理や掃除をしなくてすむのに……？

彩樹が首をかしげると、

「ひとりじゃ寂《さび》しいだろうからとか、きれいな風景見せてやりたいとか、おいしいもの食べさせてやるとか……いろんなこと言ってたけど、本音はそんなんじゃないんだよね」

こんどは大きなため息をついた。

「おれのことひとりにしたら、浮気するって思ってるんだ」

「え……?」

「結婚してから気づいたんだけど、うちのダンナってすっごいやきもち焼きで、おれに会社辞めて専業主夫になってくれって言ったのだって、家に閉じ込めときたいからだったんだよ」

「……」

本人は不満を訴《うった》えているけれど……。

それってもしかして、すごく贅沢《ぜいたく》な悩みなのでは?

夫の束縛《そくばく》がウザいと話すのを見つめながら、彩樹は心の中でつぶやいた。

「苦手な家事だって、あいつのためにがんばってるのに、おれのことぜんぜん信頼してないんだよね」

「やきもち焼かれるっていうのは、愛されてる証拠じゃないんですか?」

「違うよ、逆。愛が足りない証拠だよ」

五月は、手にしたジャガイモをにらみつけた。やきもち焼きの彼氏は、ジャガイモみたいな人なんだろうか? たとえそうだとしても、自分から見ればうらやましいだけの話だ。

「ご主人が束縛するのだって……五月さんに魅力があるからですよね？」

「え？」

怒っていた五月の顔が、ふいに和《やわ》らいだ。

「魅力がなかったら、そんなふうには心配しないと思います」

「そ、そう……かな」

五月はジャガイモを手にしたまま、ちょっと嬉しそうな顔になる。

「そうですよ。どうでもいい相手だったら、絶対にやきもちなんて焼かないですよ」

明るく励《はげ》ましながら、気持ちが落ちてくるのがわかった。

「ありがと。なんかおれ、彼のこと悪いほうに考えすぎてたのかも。今夜は彩樹ちゃんに教わった肉じゃが作るね。でもって、明日のおべんとはリメイクして、肉じゃがコロッケ」

あっけなく機嫌が直った五月が、いそいそと玉葱《たまねぎ》や人参《にんじん》をカゴに入れるのを見て、彩樹はこっそりため息をつく。

五月に渡した言葉は、慰《なぐさ》めでもなんでもなく、心からそう思って言ったのだけれど、裏を返せば、海斗にやきもちを焼いてもらえないのは、愛されてない証拠で、その原因は恋人として魅力がないから、ということになるわけで……。

一瞬でいい気分になれるような言葉を、自分も誰かにかけてもらいたい。

できれば、ラブストーリーの天才と自《みずか》ら言ってはばからない、あの人に。

漫画の中では、人を勇気づけたり、キュンとさせたり、ときにはうっとり蕩《とろ》けさせたり。心に響くセリフをずいぶんと書いているくせに、作者本人がその手の言葉を口にしたのを聞いたことがない。

遠まわしな表現をする人だから、言われても気づいていないだけかもしれないが、どのみち伝わらないのなら、期待するのはやめたほうがよさそうだ。

「遅くまで、お疲れさまでした」

原稿を取りに来た渉《わたる》を玄関で見送りながら、彩樹は丁寧《ていねい》に頭を下げた。

「あっちゃんも、頑張りすぎて身体こわさないようにね」

好きでやってる仕事だから、大丈夫です。精神的にヘコむことが、多少あるだけで……。

「いえ、僕はぜんぜん」

胸の内を隠し、彩樹は笑顔を返した。

「最近のあっちゃん見てると、家政夫っていうより、三人の子供のお母さんみたいだな」

「え……?」

なにがショックだったのかわからないまま、彩樹は絶句した。

家政夫はたしかに家事をするのが仕事だけれど、家政婦じゃなく家政夫なのだから、お母さんみたいというのは……。

「いや、ごめん。女性的って意味じゃなくてさ」

彩樹が黙ってしまうと、渉はあわてて訂正し、苦笑いを浮かべた。

「仕事はともかく……身の回りのこと、ほんと手がかかるだろ?」

たしかにそうだけれど、先生方をフォローするのが自分の仕事だし……。

「いちばん……好きなことですから」

「そうだよな。あっちゃんの仕事相手は、基本的に世話を焼いてもらいたい人たちなんだもんな。俺が心配するようなことじゃなかったね」

仕事相手と言われ、笑顔が引きつった。

渉にはまだ、海斗とつきあっていることは打ち明けていない。自分がゲイだということも。今はもう姉夫婦とは暮らしていないので、カミングアウトするのにはいい時期だと思っていたが、流《りゅう》と哲に口止めされてしまった。

漫画編集者としての渉は、ときには作者が気づかないことまで鋭《するど》くチェックしているのに、周りの人間の言動に関しては無頓着《むとんちゃく》なので、いつ気がつくんだろうと、鈍感《どんかん》ぶりを観察して楽しんでいるらしい。

でも、いっこうに気づかないのは、渉が鈍感だからなんかじゃなく、海斗と自分が恋人同士に見えないからじゃないかと思えてきた。

恋人同士ならば、たとえ職場にいても、どことなくふたりのあいだの空気が甘く感じられるものなのに、自分たちにはそれがない気がする。

義兄《にい》さん、ほんとになんにも感じてないんですか？　気づかないふりをしているのなら、遠慮なく言葉にしてください。

「そうそう、言い忘れるとこだった」

「あ、は……はい」

気持ちが通じたのかと思い、彩樹は背筋をしゃんとする。

「こないだ出してくれた、パインとかキウイとか入った杏仁豆腐《あんにんどうふ》。また作ってもらえるかな」

テレパシーじゃあるまいし、伝わるわけがなかった。

ふっと気が抜けたのを隠し、彩樹は「もちろんです」とうなずいた。

「やったね。あれ、マジでうまかったんだよなぁ」

まるで子供みたいな渉に、つられるように彩樹も笑顔を浮かべた。

以前のように食事を作ってあげられなくなったので、せめて仕事で来たときだけでもと、ついつい甘やかしてしまっている。

自分は好きな人に尽くすのが愛情表現だと思っているけれど、相手にはあんがい、お母さんみたいでほっとするとか、気を遣わなくていいとか、なにかと便利だとか……そんなふうに思われているのかもしれない。

『お母さんみたいだよな』

よりによってあのタイミングで、このセリフだけは言わないでほしかった。

おいしいものを作ることで愛情表現をしてきた自分としては、お母さんみたいと言われたことで、恋人としての自信がなくなってしまった。

主夫業をしているという意味では同じ立場の、五月の言っていたことがふと頭に浮かんだ。

家事全般が苦手な五月に、パートナーの彼は一度も文句を言ったことはないらしい。どんな不思議な料理が出てこようと、ブランドものの白いYシャツと色落ちする赤いTシャツをいっしょに洗おうと、彼は少しも気にしない。望んでいるのはただひとつ、五月が自分だけのものでいてくれること。

そんなふうに思ってもらうには、どうすればいいんだろう。

ロースカツを揚《あ》げながら、そのことばかり考えている。

彩樹がため息をつこうとすると、背後で誰かのため息が聞こえた。

「ネームができない……」

いつものセリフをつぶやいて、海斗が後ろから抱きしめてくる。

大丈夫ですよと励《はげ》ますところだけれど、

「先生、料理ができません」

ちょっとそっけなくしてみた。

お母さんとまではいかなくても、恋人というより癒《いや》し係の役割のほうが大きいのかと思うと、抱きしめられてもなんだか切ない。

「少しくらい……いいだろ」

家政夫としては、雇《やと》い主《ぬし》の申し出にお断りしますとは言えないし、トンカツを揚げながらというのがロマンチックじゃないけれど……海斗にこうされるのは嫌いじゃない。

しばらくされるがままにしていたら、背中の重みがふっと軽くなった。

「……できた」

早くもアイディアが浮かんだらしい。

こんなことで仕事がはかどるのなら、いくらでも協力したいのに……。

「よかった。料理ができます」

振り向きもせず、不機嫌な声が出てしまった。

「邪魔したお詫《わ》びに、味見してやるよ」

「あっ……」

彩樹が止める間もなく、海斗は揚げたてのカツを口に放り込む。

「先生のカツ丼、そのぶん減らしますからね」

「うん、うまい。俺、このままでもいいな。ビールに合うし」

今日は機嫌が悪いんだとアピールしたつもりが、完全なひとり相撲《ずもう》。海斗は気づかないどころか、すっかりご機嫌な様子だ。

「アイディア浮かんだんなら、忘れないうちに書いたほうがいいですよ」

彩樹は、邪魔者あつかいで海斗の背中を押した。

「おまえ、この頃……」

「なんですか？」

「いや……見かけと違って、しっかり者だよな」

振り向きざまに苦笑いを浮かべ、海斗は食堂に戻っていった。

なに今の？　つきあってみたら、見かけと中身が違ってたって意味？

自分とキャラの似たカオルのこと、だから最後のマドンナにするのをやめたとか？　だとしたら、矛盾《むじゅん》に思えた海斗の言動にも納得がいく。

そういえば……。

彩樹ははっとし、菜箸《さいばし》を握りしめたまま固まった。

『ハニープラネッツ』の十三巻の二話。童顔なのに脱ぐとすごい保育士のマドンナにふられたとき、ケイゴがカオルに向かってこんなセリフを言っていた。

『俺は彼女のこと、安らぎを与えてくれる母親みたいに思ってたんだ。そうと気づかず、恋だと錯覚《さっかく》してたから……うまくいかなかったんだ』
カオルの手前、ふられたとは言えず、そんなふうに言ったんだと解釈していたけれど、あれはもしかして、そのまんまケイゴの本心だったんだろうか。
あのセリフの本意、海斗に訊いてみる？　いや、聞きたくない。
カオルが最後のマドンナになれなかった理由まで、わかってしまいそうだから……。

恋人兼家政夫というのは、海斗にとっても自分にとっても、好みのピザをふたつ食べられるハーフ&ハーフみたいで、最高の組み合わせだと思っていたのに……。

今の自分はどうなんだろう。

クーラーの利《き》いた、海斗の寝室。窓の外には、白い半月《はんげつ》が浮かんでいる。

やさしく揺らされながら、彩樹は短く吐息を漏《も》らす。

まだ半分ならいいけれど、便利な家政夫にお母さん役が加わって、恋人の部分が三日月くらいになっていたらどうしよう。

締め切りに追われ、読者を楽しませる話を生み出しつづけるのが、どんなに大変か目の前で見て知っているから、疲れた寝顔を見つめ切なくなることがある。

そんなときはいつも、年上の海斗を、心から守ってあげたいと思わずにはいられない。

でも、お母さんになりたいわけじゃないし、海斗にもそんなふうには見られたくない。

もしそうだとしたら、抱いたりなんかしないよね？

「集中しろよ」

相変わらず、ベッドでの海斗は俺サマトーク。けれど口とは裏腹な、気遣うような愛撫《あいぶ》に、首筋に落とすやさしいキス。こんなにも居心地のいい場所はない。

それなのに、重ねた肌の温《ぬく》もりも、愛《いと》おしい身体の重みも、なぜだか遠くに思えてしまい、素直に応《こた》えられそうもなかった。

「ほかのこと考えてるんなら、やめてもいいぞ」

理由はわからなくても、いつもとなにか違うのは感じているらしい。

「先生のことしか……考えてません」

その言葉に嘘はないけれど……。

ただ抱きしめるだけじゃなく、ちゃんと言葉でわからせてほしい。

海斗にとって自分が、恋人なんだってこと。


「あれ……？」

買い物カゴが重くなった気がして中を見ると、覚えのない食材が入っていた。

それも、海斗の好きなものばかり。悪いことをしたと後悔していたせいで、無意識に放り込んでしまったらしい。

気分転換をしたいんだとわかっていたのに、今日は買い物が少ないから荷物係は必要ありませんと言い、ついてきたがる海斗をひとり置いてきた。それはつまり、昨日の夜の、未解決な気分が胸にわだかまっていて、なにも知らない海斗に、子供じみた意地悪をしてしまったということで……。

「グッタイミン！」

しんみり反省していたら、誰かに背中を軽く叩かれた。

ここで声をかけてくる人といえば、五月しかいない。けれど今日は、もうひとり。

三十代半《なか》ばくらいだろうか。五月の隣に、すらりと背の高い、ちょっと濃い目のイケメンが立っていた。グッドタイミングと言ったのは、パートナーを紹介したかったかららしい。

「彩樹ちゃん、この人が噂の、超やきもち焼きの結城進《ゆうきすすむ》さん」

「……！」

本人を前にと、彩樹はぎょっとなったが、五月の紹介はあながち間違いではないようで、進は苦笑いを浮かべ、照れくさそうに頭に手をやった。

束縛《そくばく》なんて言葉がおよそ似合わない、穏《おだ》やかでやさしそうな笑顔。五月が愚痴《ぐち》を聞かせたのは、やっぱり半分は彼氏自慢だったらしい。

「彩樹ちゃんも僕のこと、カッコいい彼氏に紹介してよ」

彼のことを悪く言いすぎたと反省していたのに、彼氏の前でわざわざそんなこと言わないほうが……。

「そ、そうですね。そのうちまた」

ハラハラしながら、彩樹は曖昧《あいまい》に微笑《ほほえ》んだ。

「そのうち？　そこにいるのに？」

「え……？」

後ろを振り向くと、なにやらカゴの中に入れようとしている海斗と目が合った。

「先生、なにしてるんですか？」

呆れ顔でにらんだら、

「買い物に決まってるだろ」

海斗は開き直ったように、しれっと答えた。

覚えのない商品は、無意識に手に取ったわけじゃなく、海斗が勝手に放り込んでいたらしい。

お菓子じゃなくおつまみ系のスナックなだけで、やっていることはまるで、母親の気を引こうといたずらをする子供と同じ。

なんだか可笑《おか》しくなってきて、捩《ねじ》れていた気持ちがほどけてしまった。

彩樹がうつむいて笑っていると、

「はじめまして、海《かい》先生。彩樹ちゃんからいつも夕飯のおかず教えてもらってる、主夫友達の結城五月です」

紹介するより先に、五月が嬉しそうに海斗に声をかけてきた。

「ああ、でっかいバースデーケーキの？」

一応、流の誕生日のときのことを覚えていたらしい。

にしても、もう少し愛想《あいそ》よく挨拶《あいさつ》ができないんだろうか。なんて、思うだけムダだし、誰にでも愛想がいいより、これくらいのほうが安心かもしれない。

などと思い、フォローもせずに放っておいたら、

「その節は、彩樹ちゃんのことお借りしてすみませんでした」

「いや、べつに……いつでもどうぞ」

いつでも貸し出しOK？　海斗の言い草に、彩樹はむっと眉を寄せた。

「ほんとですか？　じゃあ、また結城家に来てもらって……じゃなくて、こんどは彩樹ちゃんちのキッチンで料理教えてもらおうかな」

「こら、ご迷惑だろ。そんなに勉強したいんなら、料理教室にでも通えばいいじゃないか」

海斗がいい男だとわかり、家に行かせるのは危険だと思ったのだろうか。進があわてて止めに入った。

「そうだよね。最近の料理教室って、男性専用のクラスもあるし……」

どうやら五月は、わざと彼氏にやきもちを焼かせて楽しんでいるらしい。

「あ……いや、やっぱりダメだ。おまえはなんでもすぐに飽きて放り出すから、本とかＤＶＤとか、そういうので勉強したほうがいい。うん、さっそく買いに行こう」

この場から立ち去ろうとする進の様子に、五月から聞いた話が、さほど誇張されていなかったことがわかってしまった。

けれどそれは、五月がわざとそうさせているからであって、自分から見れば、進のリアクションはとても好ましく、恋人らしい愛のあるやきもちに思えた。

ちょうどいいサンプルなので、海斗はどう思っているんだろうとちらりと見ると、興味のない会話だったらしく、退屈《たいくつ》そうにあくびをしていた。


五月のパートナーを見習えとは言わないが、『いつでもどうぞ』はどうかと思う。

海斗がものに執着がないのは知っているけれど、もし恋人に対してもそうだとしたら、かなり問題だと思う。

「僕はシュガークラウドの家政夫なんですよ。それでなくても忙しいのに、簡単によそのお宅に派遣《はけん》しないでくださいね」

ふたりと別れたあと、彩樹は海斗に念を押した。

「あんなの、ただの社交辞令だろ」

「社交辞令？　先生がですか？」

白々《しらじら》しいことをとにらみつけたのに、

「俺たちもそうするか」

海斗は勝手に話題を変えてしまった。

どうやら、結城家の晩ごはんがカレーだと聞き、急に食べたくなってしまったらしい。

「ダメですよ。今夜は哲先生のリクエストで、唐揚《からあ》げ定食に決まってるんですから」

「おまえ、なに言ってんだ？」

額をつつかれ、彩樹はきょとんとなった。

「バカップルの若いほうが、苗字が同じだってこと嬉しげに強調してただろ」

「五月さんは、可愛い人なんです」

キャベツを選びながら、彩樹は投げやりに言った。どうでもよさそうな顔をしていたくせに、しっかり会話を聞いていたらしい。

だったら少しは、学習してほしかった。

「同じ名前になるってのは、悪くないよな」

「え……？」

彩樹は目を瞠《みは》り、キャベツを手にしたまま固まった。

『俺たちもそうするか』

さっきのつぶやきは、もしかして……プロポーズ？

「な、なに言ってんですか。こんなとこでいきなり」

冗談なのか本気なのかわからないのに、簡単に答えるわけにはいかない。

内心どきどきしながら、相手にせずにキャベツをカゴに放り込む。

「ちょうど話に出たから、ついでに言ったんだけど……まぁ、いっか」

なのに、唖然《あぜん》とするような答えが返ってきた。

ついでにとか、まぁいいかとか。もっと言葉を選んでほしい。

ラブコメ作家なのに、自分のこととなるとどうしてこんなに適当なんだろう。

海斗の作った話の中には、素敵なシチュエーションがいろいろ用意されているから、海斗だって見かけとは違って、ロマンチックなところを隠し持っているに違いない。なんて、期待していたのがそもそも間違いだった。

「いっしょに暮らしてるし、もう結婚してるようなもんだからな」

当然のように言うのを聞いて、彩樹は目をまるくした。

なんていうか今……。

すごく嬉しい言葉を言われた気がする。

海斗は自分のことを、パートナーだと認めてくれているらしい。

「先生が、そんなふうに……ぜんぜん知りませんでした」

彩樹が小声で答えると、海斗は驚いたような顔をした。

「おまえまさか自分のこと、ただの住み込みの家政夫だって思っててんじゃないだろうな？」

「……」

一瞬、言葉につまってしまったのは、そう思っていたことがあったから。

ではなく、怒った海斗の顔がカッコよかったからだった。

「あのな……」

「そんなことありません。職業は家政夫ですけど、僕は先生の……」

さすがにこの場で、恋人ですとは言えなかったけれど、

「ならよし」

海斗は納得したらしく、彩樹の手からカゴを取り上げ、さっさと歩きだす。

すらりと背の高い、頼もしい後ろ姿。

なんだかもう、やきもちを焼いてくれないことなんて、どうでもよくなってしまった。

拗《す》ねている自分を、海斗が追いかけてきてくれて、プロポーズをしてくれた。

本気か冗談かわからないけれど、そんなことはもうどっちでもよくて……。

「先生、待ってください」

彩樹があわてて追いつくと、海斗はフルーツのコーナーで足を止め、きれいに並んだスイカ

をじっと見つめていた。

数日前、買おうかどうか迷い、重そうで断念《だんねん》した大きなスイカ。

好きな果物を流に訊《き》かれ、スイカだと答えたら、イメージに合わないとがっかりされたことがある。アイドルのアッキーの好物はサクランボなのだそうだ。

そんな会話を、海斗はどうでもいいという顔で聞いていたけれど……もしかして、覚えてくれていたんだろうか。

「スイカ食わないと、夏が来た気がしないだろ」

などと言いつつ、海斗は中でもいちばん大きなスイカを選んでくれた。

スイカに懐柔《かいじゅう》されたわけじゃないけれど、

「さっきは……ごめんなさい」

やっと謝ることができた。

「俺のこと、おいてけぼりにしたことか？」

海斗の言葉にうなずきながら、思わず笑ってしまう。おいてけぼり……って。

「なにが可笑しいんだ」

可笑しいじゃなくて、可愛いです。とは言えないし。

「よかったなって思っただけです。このスイカ、買うかどうか迷ってたんです。荷物持ち係がいなかったから」

「そらみろ」

海斗は得意そうに、ふふんと鼻で笑った。

勝手に拗ねていた自分に、わけを問《と》い質《ただ》すでも責めるでもなく、ただそばにいてくれた。

どうして忘れていたんだろう。

遠まわしな愛情表現をするこの人を、好きになったのは自分だったのに……。

守ってあげたいと思っているだけで、ほんとはいつだって守られていたこと、気づいていなかった。

大きなスイカを軽々と運んでくれる海斗の隣を歩きながら、彩樹はこっそり笑った。

先生たちのことを、手のかかる子供みたいだと思っていたけれど……。

なんのことはない。いちばん子供なのは自分だったらしい。


食堂のテーブルの真ん中に、三時のおやつにしては豪華すぎるケーキが置かれている。

真っ白なクリームに、苺《いちご》やラズベリー、ブラックカラント、ミントの葉などをちりばめた、お洒落《しゃれ》で華やかなホールのショートケーキ。

作者は彩樹ではなく、ケーキ作りにすっかりハマっている哲。基本はわかったから、彩樹の手を借りず、ひとりでやってみたいと言うので、手も口も出さずそばで見守っていたが、スポンジの焼き具合といい、回転台にのせたケーキにパレットナイフでクリームを塗《ぬ》る手際《てぎわ》のよさといい、センスのいい飾りつけといい、文句のつけようがなかった。

手先が器用なのは知っていたけれど、想像以上の出来に、やっぱり一流のクリエーターは常人とは違うのかも……と、感心してしまった。

せっかくの素敵なケーキなので、紅茶はとびきりおいしくいれなくては……。

彩樹がいそいそとお茶の準備を始めると、

「哲《てっ》ちゃん、すご〜い！」

海斗といっしょに入ってきた流が、驚きの声をあげた。

「きれいにできたじゃん。アッキーのバースデーケーキ」

「え？」

彩樹はきょとんとなり、はっと気づいて壁のカレンダーを見た。

「ほらね、やっぱり忘れてた。毎日、俺たちの世話ばっか焼いてるから」

「す、すみません」

「なに謝ってんの。こっちこそ扱《こ》き使《つか》ってごめんね。はい、これ。俺たちからのプレゼント」

差し出されたのは、お洒落な流には珍しい、原稿を入れるのに使う見慣れたB４サイズの封筒だった。

「そ、そんな……お気遣いなく」

彩樹が恐縮《きょうしゅく》していたら、

「おまえ、なんでそんな他人行儀《たにんぎょうぎ》なんだ」

海斗が後頭部をぽんと叩いた。

「そうだよ。アッキーはもう俺たちの家族なんだから」

「そういうこと」

その言葉だけでもう、なにをいただくよりも嬉しいです。

「ありがとう……ございます」

涙ぐみそうになりながら、彩樹は封筒の中身を取り出した。

「え……？」

原稿用紙の束《たば》だったので、一瞬、まさかと思ったけれど……そんなはずはない。けれど、封筒から出てきたのは、まぎれもない、お蔵入《くらい》りになってしまった幻《まぼろし》の最終話の生原稿だった。

「これ、どうして……」

彩樹が目をうるうるさせていると、流が笑顔で、ことの成り行きを教えてくれた。

「海斗が編集長に見せるの反対したときは、なに考えてるんだって思ったけど、アッキーの誕生日に贈るから原稿手伝ってくれって言われて、そういうことかって……俺も哲ちゃんも喜んで引き受けたってわけ」

哲は納得顔、海斗は気まずそうに横を向いた。

どうしよう。見たくてたまらなかった原稿が、魔法みたいに目の前に現れた。

「見せていただいて……いいですか?」

「見ないでどうすんだ。漫画だぞ」

海斗の言葉に、彩樹は手のひらで涙を拭《ぬぐ》いながら、こくこくとうなずいた。

夢にまで見た原稿。見るのがもったいない気がして、でも、早く読みたくて……。

胸が苦しいほどどきどき鳴っている。

いつもの仕事と同じ、隅々まで行き届いた美しい原稿。ネームでは何度も見たシーンが、鮮やかに描《えが》き出《だ》されていた。

ケイゴが自分の気持ちに気づいた瞬間の顔、想い。そして、ケイゴがカオルに贈った、ほんの一瞬のキス。ケイゴがしたたくさんのキスの中で、いちばんやさしいキスだった。

三人のサプライズが嬉しかったのとはまた違う感動に、あらたな涙がこぼれそうになる。

「おまえ、ほんとに泣き虫だな」

海斗に言われ、彩樹は「僕が泣くときは、いつも先生のせいですから」と言い返した。

「……」

海斗は悔しそうに、けれど照れたように、知らん顔を決め込んでいる。

「なんだかなぁ。俺たちも協力したのに……ね、哲ちゃん」

「まったくだ」

冗談っぽく拗ねてみせるふたりに、

「流先生も哲先生も、ほんとにありがとうございました」

彩樹は原稿を胸に抱《かか》え、感謝をこめて頭を下げた。

それにしても、ハードスケジュールのなか、先生たちはいつの間に原稿を仕上げてくれたんだろう。原稿に感激しすぎて、そのことをすっかり忘れていた。

「お忙しいのに、僕のために原稿描いてくださってるなんて、ちっとも気づかなくて……申し訳ありませんでした」

こんどはお詫びの意味で、頭を下げる。

「気づかれないように描かなきゃ、サプライズになんないじゃん」

「そ、そう……ですよね」

流につっこまれ、彩樹は気まずく笑った。

「な〜んてね。アッキーは仕事中に原稿見ないから、こそこそ隠れて描く必要とかなくてラクだったよね?」

話を振られ、哲は「たしかに」とつぶやき、海斗は「まぁな」とすまして言った。

気づかれないように自室で描いていたのでも、眠る時間を削《けず》っていたのでもなく、進行中の原稿に紛《まぎ》れ込《こ》ませ、いっしょに描き上げてしまったのだという。

やっぱり、シュガークラウドはすごい。彩樹がひたすら感動していたら、

「先生方、そんな裏技をお持ちなら、ぜひふだんから使ってくださいよ」

背後で訊き慣れた声がした。

四人が振り向くと、苦笑いを浮かべた渉が、リボンのかかった包みを抱えて立っていた。

「これ、ほんとに……あっちゃんのためだけに描いたんですか？」

ソファで原稿を読み終わると、まるで長編小説を一気に読み終わった人のように、渉が深いため息をついた。

渉が訪《たず》ねてきたのは仕事ではなく、麻矢《まや》といっしょに選んだバースデープレゼントのシャツとエプロンを届けに来てくれたのだが、ボツネームの原稿が完成していることを知り、ぜひ見せてほしいと言いだしたのだ。

「載せてくれって意味じゃないですから、ご心配なく」

海斗は足を組んでふんぞり返り、ふふんと笑った。

「今さら欲しがっても、これはアッキーのためだけに描いた原稿ですからね」

「そのとおり、プライスレス！」

流と哲の言葉を聞いて、彩樹は思わずはっとする。

よくよく考えてみれば、これは雑誌でもコミックスでもなく、人気漫画家の生原稿。しかも未発表作品。プレゼントだと渡され、感激のあまりありがたく受け取ってしまったけれど、この原稿には、いったいどれくらいの価値があるんだろう。

シュガークラウドにはたくさんの読者がいるのに、自分だけがひとり占《じ》めしてしまっていいんだろうか……。

「俺、一巻からコミックス読み返しながら、最後のマドンナのこと考えてたんですけど……」

原稿を封筒に戻し、渉がぼそっと言った。

「読めば読むほど……カオル以上に、ケイゴに似合うパートナーはいないって気がしてきたんですよ。それで思い切って編集長に話したら、どうせ読者全員が納得する話なんて存在しないんだし、ここまで頑張ってきた作者がいちばん描きたいもの載せるのがベストだろうって」

「……！」

彩樹は大きく目を見開いた。編集長のＯＫが出たらしい。

「海先生、お願いします。このお原稿、預からせてもらえないでしょうか」

テーブルに両手をつき、渉は深々と頭を下げた。

「さぁねぇ、俺に訊《き》かれてもな……」

「杉《すぎ》さん、残念〜。この原稿はもう、アッキーにプレゼントしちゃったんだもんね」

「たしかに」

流も哲も……そして海斗も、どうやら渉をからかって楽しんでいるようだ。

仕事のことに口出しできる立場じゃないけれど、今日は特別。わがままを言わせてもらおう。

彩樹は海斗の目を見つめ、小さく深呼吸をした。

「先生、プレゼント……ほんとに嬉しいです。一生の宝物です。でも、この話……僕ひとりだけじゃなく、もっとたくさんの読者さんに読んでほしいんです。僕からも、お願いします」

彩樹が必死に訴《うった》えると、

「もらったもの、本人がどうしようと自由だろ。彩樹がしたいようにすればいいさ」

意外すぎるほどあっさり許してくれた。

怒っている様子はなく、どちらかといえば嬉しそうな顔に見えるけれど……。

「あの……」

海斗の本心を確認しようかどうか戸惑っている彩樹に、

「アッキーが喜ぶなら、海斗はなんでもいいんだよ」

「そのとおり」

流と哲が笑いながら教えてくれた。

3

『ハニープラネッツ』の最終話は、予想どおりに大反響があり、読者アンケートや哲《てつ》のブログ、編集部のツイッターには賛否両論《さんぴりょうろん》のリアクションが書き込まれていたが、カオルを選んだケイゴを支持する声が七割以上もあり、正直ほっとした。

なかにはゲイで、ずっとカオルとケイゴが結ばれればいいと願っていたという、まるで自分と同じようなファンがいたのも嬉しかった。

「なになに、この甘～い香り?」

彩樹《あき》がテーブルに朝食を並べていると、流《りゅう》がいちばん乗りで食堂にやってきた。

ハーブのサラダに、カボチャのポタージュ。そして、甘い香りの原因はこれ。厚めのフレンチトーストに白い粉糖《ふんとう》をふりかけ、煮上がったばかりのまるごと苺《いちご》のジャムを添えてみた。

「あれ、海斗《かいと》は? まだ寝てるんだ?」

シュガークラウドの先生方はというと……新連載の仕事が始まるまでのあいだ、久しぶりの休暇をもらい、文字どおり夏休みを満喫《まんきつ》中。のはずだったが、海斗は新しい話に夢中らしく、早くも仕事を始めている。

「昨夜《ゆうべ》もまた、遅くまでネーム描いてたみたいで……」

流のマグカップにカフェオレを注《そそ》ぎながら、彩樹は二階のほうに目をやった。

「こんどいつ取れるかわかんない夏休みだってのに、アッキーのことほっといて……ほんと、困ったやつ」

「いいんです。僕には夏休みがあるわけじゃないんで、いつもどおりってことで」

「あ、そっか。だよね。栄養たっぷりの朝ごはん、ありがたくいただきま〜す」

嬉々《きき》として席に着く流に、

「大好きな仕事ですから、ご用があればなんでもおっしゃってくださいね」

彩樹は笑顔でカップを差し出した。

「それそれ、アッキーのそういうとこ。海斗がやきもきするわけ……あ、言っちゃった」

「え……?」

「うわ、なにこのおいしそうなジャム。熱々《あつあつ》で苺がごろごろ入ってる〜」

彩樹が驚いた顔をするのを見て、流はあわててごまかそうとしたが、

「ここだけの話……ああ見えて、海斗はけっこうやきもち焼きなんだよね」

観念したのか、あっけなく教えてくれた。

「ほかの漫画家がどんなに才能あっても、ぜんぜん嫉妬とかしないけど、恋人のことってなる

と話はべつなんだよなぁ」

そんな海斗を、自分は一度だって見たことがない。

軽いショックを受け、彩樹はカフェオレを飲む流を見つめた。

「だったら、どうして僕にはぜんぜん……」

解決したばかりなのに、心が揺らぐようなこと、聞かなきゃよかった。

「べつにアッキーのせいじゃないよ。海斗は男の嫉妬なんてカッコ悪いって、本気で思ってんだから」

カッコ悪いから？　そんな理由？

たしかに流は学生時代からの親友で、海斗の性格をよく知っているはずだけれど……俺サマな上に失言の多い海斗が、人にどう思われるかなど気にするだろうか？

「それってヘンじゃないですか？　カッコ悪いって思ってるなら、どうして主人公のケイゴのこと、やきもち焼きなキャラにしたんでしょうか？」

彩樹の素朴《そぼく》な疑問に、流はなぜかにやりとした。

「外見も中身もいい男で、仕事ができて、女にモテてって、そんな完璧な主人公、人間臭《くさ》さがなくて読者に共感されないんだよ。だから、海斗がいちばんカッコ悪いって思ってる性格、ケイゴに足したってわけ。漫画のヒーロー、ヒロインの定石《じょうせき》だよね？」

「まちがひなひ」

いつの間にテーブルに着いたのか、哲《てつ》が幸せそうにフレンチトーストを頬張《ほおば》っている。

ほのぼのとした朝の光景に、なんだか気が抜けてしまった。

ひとり相撲《ずもう》な勘違いの日々を思うと、ちょっと悔しいけれど……やきもちを焼いてもらえなかった理由がわかり、正直ほっとした。

「だから、アッキーはなにも知らなかったことにして、これからも海斗をやきもきさせてやればいいんだよ」

「させるてやるって、そんな……」

哲のマグにカフェオレを注ぎながら、彩樹は苦笑いを浮かべた。

それではまるで、五月《さつき》と同じ。自分はただ、ナチュラルにやきもちを焼いている姿を見せてもらえれば嬉しいだけで、そういうお遊びには興味がない。

「面白いじゃん。内心ハラハラしてるのに、知らん顔してるカッコつけ男を観察するのって」

「たしかに。妬《や》いてもらえなくて悩んでるのを観察するのとは、また違った楽しみ方が……」

「哲《てつ》ちゃん！」

流があわてて止めたが、聞こえてしまった。

彩樹はしらっとふたりを見下ろし、ため息をついた。

どうやら自分も……海斗と同様、流と哲の娯楽の対象になっていたらしい。

その日の晩ごはんは、流のリクエストの『イタリアンな定食』。夏野菜と鶏《とり》のパエリア風チキンライスに、クルトンを散らしたシーザーサラダとミネストローネ。デザートには、アールグレイを使ったミルクティーのシャーベットを添えた。

お仕置きをしてもよかったのだけれど、ご褒美《ほうび》っぽいメニューになってしまったのは、悩みの原因になっていた、海斗の秘密を教えてくれたから。

でも、それと同時に、海斗に一度くらいやきもちを焼かせてみたいという野望は、実現不可能なんだとわかってしまった。

一件落着したような、してないような……。

夕食の食器を洗いながら、彩樹はくすっと笑った。

が、洗剤の容器から小さなシャボン玉が飛び出すのを見て、洗濯《せんたく》物を庭に干したままだったことを思い出した。

「ごめんね。遅くなって……」

あわてて庭に飛び出し、少しひんやりとなった海斗のシャツを、彩樹は愛《いと》おしく胸に抱きしめた。

遠くで打ち上げ花火の音が聴こえ、どこからか蚊《か》取《と》り線香の匂いが漂ってくる。

大好きな夏。深呼吸をして天を仰ぐと、群青《ぐんじょう》の夜空に、白い三日月が浮かんでいた。

けれどもう、欠けた月を見ても、胸が痛くなったりはしなかった。

本人はなにも知らないまま、贅沢で切ない悩みを、海斗自身が解決してくれたから……。

「宇宙船でもやってきたのか?」

海斗が縁側《えんがわ》から降りてきて、隣に並んで夜空を見上げた。

「今夜は……三日月なんです」

後ろ手に海斗のシャツを洗濯カゴに入れながら、苦笑《にがわら》いを浮かべる。

「月見でもないし、三日月ってなんか意味あるのか?」

「つまらない、個人的な思い出です」

そう、三日月を見て不安になったり悲しくなったり……ここしばらくの情緒不安定は、海斗がやきもちを焼いてくれなかったから。解決済みの話だけれど、流と哲にだけ打ち明けて、恋人の海斗に話さないのはなにか違う気がしてきた。

「三日月って、食い終わったスイカみたいな形だけど……そういや、この夏最初のデカいやつ、甘くてうまかったなぁ……」

訊《たず》ねてほしくて話を振ったのに、海斗はしみじみと情緒のないことをつぶやいた。

「スイカがおいしかったことなんて、思い出って言いますか?」

ちょっと怒ってみせたら、

「聞いてほしいことがあるなら、つまらないとか言ってないで話せばいいだろ」

いつになくやさしい口調で言ってくれた。

洗濯物を取り込みながら話すのを、海斗は黙って聞いていたが、

「やきもちなんて焼かれて、いったいなにが面白いんだ？」

返ってきたのは身《み》も蓋《ふた》もないセリフ。

カッコ悪いから妬いてないふりをしていることを、流に聞かされていたから、その点についてはつっこむつもりはないけれど。七巻の二話の中で、『ジェラシーは恋のスパイスだ』とケイゴに言わせていたのを、うっかり思い出してしまった。

「先生って、作品と本人のあいだにギャップがありすぎじゃないですか？」

「おまえこそ、杉《すぎ》さんが来たときだけ、なんであんなに態度が変わるんだよ」

「……！」

こんどは、意外すぎる言葉が戻ってきた。

呆気《あっけ》にとられたのは、心外だったからだけれど……。

どきっとしてしまったのは、密《ひそ》かに渉《わたる》に想いを寄せていたことがあったから。でもそれは、海斗と出会う以前の話。態度が変わるなんて言われる覚えはまったくない。

「おかしなこと言わないでください。杉浦《すぎうら》さんは、姉のダンナさんなんですから」

思わず、怒った声が出た。

「……悪かった。取り消す」

すぐに謝りながらも、不服そうな顔をするのを見て、彩樹ははっとする。

流と哲が観察して楽しんでいたというのは、もしかして、渉が仕事場に来たときの海斗の反応だったんだろうか。

言われてみれば、渉が来る日はいつも、いそいそと好きなものを用意したりして、訪《たず》ねてくるのを楽しみにしている気がする。そんな空気を、海斗が感じていたのだとしたら……。

これは怒ることなんかじゃなく、喜ぶべきことなのでは？

そう、叶わないと思っていた夢が、思いがけずまた実現してしまった。

だったらもう、海斗を責めたり問い詰めたりする必要はない。

「僕のほうこそ、すみません。気をつけます。義兄《あに》の身体が心配になって、つい……」

彩樹が頭を下げると、

「いや、俺も……杉さんが最近痩《や》せたとか、彩樹に言ったことあるし……」

海斗も言いすぎたと思ったらしい。

「わかってます。先生が義兄のこと、いつも気遣ってくださってることも」

「……」

海斗が黙ってしまったので、そんなに反省しなくてもと言おうとしたら、

「ていうかさ……」

腕をつかみ、少し乱暴に身体を引き寄せてきた。

「先生……?」

抱きしめられ、シャツ越しの体温に、ふいに鼓動《こどう》が速くなる。

「庭に降りてキスするだけだったのに……なんでこんなに手間がかかるんだ?」

淡い月の光の下。なにも言わず、ただキスを受け取ればよかったらしい。

「お手数おかけしました」

笑いを堪《こら》えて謝ると、

「ほんと、面倒くさいやつだな……」

いつもの口癖《くちぐせ》をつぶやきながら、海斗が唇を重ねてきた。

あとがき

松前侑里

お久しぶりです。もしくは、はじめまして。

今年の冬はとても寒くて、いつも以上に長くて……やっと春が来たって感じです。

ちょうど今週末は、今回の話の舞台となっている吉祥寺《きちじょうじ》の公園では、にぎやかに花見の宴《うたげ》が開かれていることと思います。

でも、いつもよりも気温が低いので、宴会の場所取りで風邪などひかれる方もいるのでは……と、ちょっと心配。冷たいビールなんか飲んでいるのを見ると、ぞくぞくぞくっとなってしまう寒がりの私です。

人の少ない平日の、ぽかぽか陽気の日を狙《ねら》って、売店のお団子でも食べながら、ひらひら舞い散る桜を眺めてきたいと思います。

この話に出てくる漫画家たちにも、メシスタントの彩樹《あき》が作ったお弁当で、楽しくお花見をさせてあげたかったのですが、桜が散り始めた頃から夏までの話だったので、果たせませんでした。きっとおいしそうな場面になったはずなのに……残念！

いつかまた機会があったら、ごちそう満載の宴会シーンを書いてみたいです。ってことで……そのうち、ぜひ。

おいしそうといえば、小椋《おぐら》ムク先生の描いてくださったスイーツの数々。絵本や漫画に出てくる食べ物に、異様に反応してしまうわたくし……隅から隅までじっくりと鑑賞してしまいました。

けれどもちろん、食べ物だけが主役なわけではございません。可愛《かわい》いキャラとカッコいいキャラ、どちらも魅力的に描かれるので、最初からおまかせでしたが、どの登場人物もイメージどおりで、キュートなスイーツと同じくらいときめかせていただきました。

彩樹は可愛いし、三人の漫画家はそれぞれにいい男。ジャージ姿がカッコよく、誰がいちばんなんて決められませんが……哲《てつ》の絵を見た瞬間、眼鏡《めがね》男子という生き物に、今さらながら開《かい》眼《がん》してしまったようです。

飼い猫の甘栗《あまぐり》も、とぼけた味のある表情としぐさで、ほのぼのとした幸せを演出してくれていました。文章だけ読むと、ただの無愛想《ぶあいそう》な猫なのですが、キャラの立った絵にしていただくことで、一瞬にして小さな名脇役に。

今回、漫画家が登場する話だったこともあり、ビジュアルの力ってすごいなぁ……と、あらためて思ったしだいです。

小椋先生、お忙しいなか、素敵なイラストをありがとうございました。いっしょにお仕事させていただけて、本当に嬉しかったです。

担当さまをはじめ、新書館の皆さまには、去年からずっとご迷惑をかけっぱなしで、申し訳ありませんでした。

本が出るのを待っていてくださった読者さまにも、お手紙をくださった読者さまにも、本当にごめんなさい。そして、ありがとうございます。お返事がたいへん遅れておりますが、かならずお届けしますので、今しばらくお待ちくださいね。

そんななか、やっと出せました。メレンゲ本です。おいしいイラストといっしょに、お茶でも飲みながら、楽しんでいただけたらと思います。

つぎは秋頃、まるまる書き下ろし文庫でお目にかかれる予定です。歌う高校生カップルの話に出てきた、主人公の両親カップルのなれそめや現在のあれこれを、お届けしようかと思っております。

それではまた。スイーツのおいしい季節に、元気に再会できますように……。

くもとメレンゲのこい

雲とメレンゲの恋

この本を読んでのご意見、ご感想などをお寄せください。
松前侑里先生・小椋ムク先生へのはげましのおたよりもお待ちしております。
〒113-0024　東京都文京区西片2-19-18　新書館
[編集部へのご意見・ご感想] ディアプラス編集部「雲とメレンゲの恋」係
[先生方へのおたより] ディアプラス編集部気付　○○先生

初　出
雲とメレンゲの恋：小説DEAR＋11年ハル号（Vol.41）
三日月サマー：書き下ろし

新書館ディアプラス文庫

著者：松前侑里 [まつまえ・ゆり]
初版発行：2012年5月25日

発行所：株式会社新書館
[編集] 〒113-0024　東京都文京区西片2-19-18　電話(03)3811-2631
[営業] 〒174-0043　東京都板橋区坂下1-22-14　電話(03)5970-3840
[URL] http://www.shinshokan.co.jp/
印刷・製本：図書印刷株式会社

定価はカバーに表示してあります。乱丁・落丁本はお取替えいたします。
ISBN978-4-403-52303-8